Au Bonheur des Lettres

Letters of Note : Music a été publié pour la première fois
au Royaume-Uni par Canongate Books, en 2020.

Traduction française de l'ensemble des lettres par
Johan-Frédérik Hel Guedj, hormis les reproductions de traductions existantes,
à savoir : "Mon cœur s'est presque arrêté" © Éditions du sous-sol, 2016,
pour la traduction française de Claire Debru ; "J'ai appris à prendre sur moi"
© Fayard, 1996, pour la traduction française d'André Lischke ;
"Ce n'était pas du vol, mais un acte d'amour" © Éditions JC Lattès, 2012,
pour la traduction française de Jean-Pierre Simard ; "Exerce l'art mais pénètre
aussi en son être intime" © Actes Sud, 2010, pour la traduction française
de Jean Chuzeville

Conception graphique, maquette et couverture :
Virginie Perrollaz
Image en couverture : © Jobalou / Getty Images

ISBN : 978-2-36468-506-2

Achevé d'imprimer pour le compte des Éditions du sous-sol en 2020

recueil de courriers historiques,
inattendus et farfelus

Au Bonheur des Lettres

MUSIQUE

RASSEMBLÉES PAR **SHAUN USHER**

Traduites par Johan-Frédérik Hel Guedj

Éditions du sous-sol

SOMMAIRE

INTRODUCTION

J'ai l'immense plaisir de vous inviter à découvrir *Au bonheur des lettres, Musique*, un voyage au cœur des lettres des autres. La musique est le trait commun de ces missives, et c'est l'une des rares choses de la vie qui soient à la fois extrêmement positives et profondément enrichissantes.

La musique a le pouvoir de réunir les personnalités les plus diverses et de guérir les blessures les plus profondes ; une seule note d'une chanson que l'on aime suffit à vous transporter dans un autre temps et à vous remonter le moral plus vite que la plus puissante des drogues. Il n'est pas exagéré de dire qu'aujourd'hui, sans musique, si elle devait être interdite, la vie perdrait l'une de ses dimensions – le seul véritable langage universel serait perdu, nous serions privés d'un moyen d'entrer en relation, des liens qui nous réunissent s'étioleraient lentement.

Il semble donc naturel de célébrer dans ces pages une chose aussi importante que la musique à travers une autre forme de communication, la lettre, dont la mort, en revanche, est hélas ! bien plus facile à imaginer dans notre monde en constante mutation, où nous nous inclinons de plus en plus devant ces nouveaux appareils rutilants qui nous font miroiter tant de promesses, au détriment de ce qui rend la correspondance à l'ancienne si précieuse. La commodité de pouvoir envoyer un emoji à un(e) bien-aimé(e) à l'autre bout du monde en pianotant sur une dalle de verre lumineuse est merveilleuse, il ne faut pas la dénigrer, mais le geste physique de prendre la peine d'écrire sur une feuille de papier, de soigneusement rédiger une lettre, de consigner ses pensées sur la page en étant pleinement présent, distrait par rien, le tout pour faire plaisir à l'autre, est un acte puissant, satisfaisant, humanisant, porteur de profonds bienfaits.

On peut affirmer sans crainte que sans musique ou sans lettres nous souffririons.

Alors permettez-moi d'être votre guide dans ces pages où nous célébrons les deux, avec ce recueil mélodieux de correspondances qui s'étend sur un peu plus de deux siècles, débute en 1812 et s'achève de nos jours, en 2019, et où la musique est évoquée dans des lettres pleines de gratitude, de colère, de folie, de conseils, d'amour, de réconfort et de joie. Nous ferons une halte en 1962, nous vous offrirons un siège au premier rang, et vous pourrez profiter du moment où l'un de nos plus grands groupes de rock'n'roll naquit d'une toute première rencontre ; en 2004, où une icône du rock révèle avec passion quelle est sa guitare préférée ; en 1990, où nous verrons l'un de nos plus grands compositeurs de musiques de films défendre son art ; en 1981, où l'un des critiques les plus influents de la scène punk rattache la naissance de ce genre musical à des lieux inimaginables ; en 2016, où nous accompagnerons une légende de la musique dans ses adieux à sa muse bien-aimée ; en 1924, où nous assisterons aux remerciements magiques d'une fan sourde mais reconnaissante à l'orchestre qu'elle a réussi à "entendre" ; en 1943, où vous assisterez à ce moment déchirant où une femme de couleur demande à un chef d'orchestre de ne pas tenir compte de son sexe et de son origine ethnique, dans l'espoir de favoriser la marche du progrès. Et ce n'est là qu'un aperçu de ce qui vous attend.

Que vous soyez mordu de musique ou non, ces lettres fameuses vous fascineront. Et si elles devaient vous déplaire, pour une raison ou une autre, je suis certain que les histoires et les messages qu'elles contiennent viendront tout de même enrichir votre existence.

Mettez vos téléphones en mode silencieux, arrêtez de bavarder, dans le fond, et savourez le concert.

Shaun Usher

LES LETTRES

Lettre 01

IL S'APPELLE MICK JAGGER

Keith Richards à sa tante Patty

Avril 1962

Depuis 1962, Keith Richards est le guitariste et auteur-compositeur d'un des groupes les plus connus et les plus influents de tous les temps, une véritable légende vivante qui a commis quelques-uns des riffs les plus reconnaissables de l'histoire du rock. Sa renommée est telle qu'il est presque impossible d'imaginer Keith Richards avant qu'il ne devienne une star, avant qu'il ne déambule avec nonchalance sur des scènes immenses et n'électrise des foules en adoration avec des morceaux qui survivront sans nul doute aux siècles à venir. Pourtant, grâce à la lettre qu'il écrivit un jour à sa chère tante Patty, nous avons un aperçu de "l'avant". C'était en avril 1962 et Keith avait 18 ans. Avec des mots que l'on sent frémissants d'excitation, il évoque notamment une rencontre survenue quatre mois plus tôt alors qu'il attendait son train pour se rendre à la London School of Economics, et qui finirait par transformer sa vie. Trois mois après sa lettre à sa tante Patty, les Rolling Stones donnaient leur premier concert au Marquee Club de Londres. Le reste appartient à l'Histoire.

LA LETTRE

6 Spielman Road,
Dartford,
Kent

Chère Pat,

Je suis vraiment désolé de ne pas t'avoir écrit plus tôt (je plaide la folie, votre honneur) d'une voix façon Bluebottle[01]. Sortie sous un tonnerre d'applaudissements.

J'espère vraiment que tu vas très bien.

Nous avons encore survécu à un sublime hiver anglais. Je me demande quel jour ça tombe l'été cette année ?

Oh mais ma chère j'ai été siiiii occupé depuis Noël en plus de mon boulot à l'école. Tu sais que je suis dingue de Chuck Berry et je croyais être le seul fan du rocker à des kilomètres à la ronde mais un matin à la Stn. Dartford (j'ai la flemme d'écrire un mot aussi long que station), j'avais un disque de Chuck sous le bras quand un type que j'avais déjà croisé à l'école élémentaire des 7-11 ans, tu vois, est venu me trouver. Il a tous les disques sortis par Chuck Berry et tous ses potes les ont aussi, c'est tous des fans de *rhythm & blues*, je veux dire le vrai R&B (pas des merdes du genre Dinah Shore et Brook Benton), Jimmy Reed, Muddy Waters, Chuck, Howlin' Wolf, John Lee Hooker,

01 _ Personnage comique d'une émission de radio des années 1950, à la voix nasillarde, incarné par Peter Sellers.

tous les bluesmen de Chicago, du vrai *blues lowdown*, fabuleux. Bo Diddley c'est aussi un grand.

En tout cas le type de la gare, il s'appelle Mick Jagger et toutes les nanas et tous les mecs se retrouvent tous les samedis matin au "Carousel", une espèce de bar à juke-box et donc un matin de janvier je passais devant et j'ai eu envie de voir s'il était là. Tout le monde me saute dessus et je suis invité à genre dix soirées. En plus ce Mick est le plus grand chanteur de R&B de ce côté-ci de l'Atlantique et je suis sérieux. Je joue de la guitare (électrique) dans le style de Chuck on s'est trouvé un bassiste, un batteur et un guitariste rythmique et on répète deux ou trois soirs par semaine. Ça SWINGUE.

Évidemment ils sont pétés de tunes et ils habitent dans des pavillons cossus, c'est dingue, y en a même un qui a un majordome. Je suis allé là-bas avec Mick (dans la voiture de Mick pas la mienne bien sûr) OH VACHERIE D'ANGLAIS CETTE LANGUE EST PAS POSSIBLE.

"Puis-je vous proposer quelque chose, monsieur ?"

"Vodka citron, s'il vous plaît."

"Certainement, monsieur."

Je me sentais vraiment comme un *lord*, en repartant j'ai failli demander qu'on m'apporte ma couronne.

Ici tout va bien.

Enfin j'arrive pas à lâcher Chuck Berry, dernièrement je me suis acheté un de ses 33 tours en direct chez Chess Records à Chicago ça coûte moins cher qu'un pressage anglais.

Bien sûr ici on a encore les vieux routiers comme Cliff Richard, Adam Faith et les deux dernières horreurs Shane Fenton et John Leyton TU N'AS JAMAIS ÉCOUTÉ DES MERDES PAREILLES. À part ce rital de Sinatra ha ha ha ha ha ha ha ha ha.

Enfin, au moins, je ne m'ennuie plus. Ce samedi je vais à une soirée qui va durer toute la nuit.

"J'ai regardé ma montre

Il était quatre heures cinq

Mec je savais plus

Si j'étais mort ou vivant."

Je te cite Chuck Berry :

"Reeling and Rocking"

Douze gallons d'un tonneau à bière plein de cidre, trois bouteilles de Whisky. Sa maman et son papa sont partis pour le week-end je vais me trémousser jusqu'à en tomber (je suis ravi de te le dire).

Le samedi d'après Mick et moi on emmène deux filles dans notre club de *Rhythm & Blues* préféré à Ealing, dans le Middlesex.

Ils ont un type là-bas, à l'harmonica électrique, Cyril Davies, fabuleux toujours à moitié saoul pas rasé il joue comme un fou, merveilleux.

Bon après ça je vois pas trop ce que je pourrais encore te raconter de bien rasoir, alors je vais m'arrêter là bonne nuit chers téléspectateurs.

GRAND SOURIRE

Bises

Keith xxx

Qui d'autre écrirait des conneries pareilles.

Lettre 02

MON CŒUR S'EST PRESQUE ARRÊTÉ

Helen Keller au New York Symphony Orchestra

2 février 1924

Née en Alabama en 1880, Helen Keller n'avait pas encore deux ans quand elle perdit la vue et l'ouïe en raison d'une maladie. Cette entrée éprouvante dans l'existence ne l'empêcha pas d'accomplir ensuite de véritables tours de force. À 23 ans, ayant déjà réalisé quantité de choses, elle publia son autobiographie, Sourde, Muette, Aveugle : Histoire de ma vie. *Devenue une oratrice très demandée, elle consacra les années suivantes à parcourir le monde et mit toute son éloquence au service de conférences riches d'enseignements sur toutes sortes de sujets, notamment sur l'histoire de sa vie, sa grande source d'inspiration. Militante, elle fit inlassablement campagne pour défendre les individus et les groupes en marge ; elle écrivit une dizaine de livres et de nombreux articles. Le 2 février 1924, au lendemain d'une exécution de la* Neuvième Symphonie *de Beethoven au Carnegie Hall de New York, elle écrivit une lettre de félicitations au New York Symphony Orchestra et annonça l'immense découverte qu'elle venait de faire : elle avait une aptitude inédite à "entendre" la musique par le simple toucher, l'extrémité de ses doigts tenant lieu de passerelle entre les vibrations mélodiques et son oreille mentale.*

LA LETTRE

93 Seminole Avenue,
Forest Hills, Queens,
2 février 1924

À l'Orchestre philarmonique de New York,
Ville de New York

Chers amis,

Je suis heureuse de pouvoir vous dire que, bien qu'étant sourde et aveugle, j'ai vécu un moment fantastique hier soir en écoutant la *Neuvième Symphonie* de Beethoven à la radio. Je ne prétends pas avoir "entendu" la musique au sens où l'entendent les autres ; et je ne sais si je puis vous faire comprendre comment il m'a été possible de puiser du plaisir dans cette symphonie. Ce fut, pour moi-même, une grande surprise. Je savais, par la presse pour aveugles, quel bonheur la radio offre partout à ceux qui souffrent de cécité. Et j'étais enchantée d'apprendre que les aveugles bénéficiaient d'une nouvelle source de joie ; mais je n'aurais osé rêver de prendre part à ce sentiment. Hier soir, alors que la famille écoutait votre merveilleuse interprétation de l'immortelle symphonie, on m'a suggéré de poser la tête sur le poste, pour voir si je pourrais éventuellement ressentir les vibrations. On a dévissé le cache du haut-parleur, et j'ai effleuré avec précaution le fragile diaphragme. Quel ne fut pas mon ravissement lorsque j'ai découvert que je sentais non seulement les vibrations mais le rythme frénétique, la pulsation et la hâte de la musique ! Les vibrations entrelacées et mêlées des différents instruments m'ont enchantée. Je pouvais même distinguer les cornets à piston du roulement des tambours ; le chant, en délicieux unisson, des violes au timbre grave et des violons. Comme le joli phrasé des violons flottait et sinuait au-dessus des notes profondes des autres instruments ! Quand les voix humaines jaillissaient en trille de l'harmonie déferlante, je les reconnaissais instantanément. J'ai senti le chœur se faire plus exultant, plus extatique, bondissant avec la promptitude d'une flamme, jusqu'à ce que mon cœur en soit presque pétrifié. Les voix féminines semblaient incarner toutes les voix angéliques versant dans un flot harmonieux de sons exquis, inspirants. Ce formidable chœur a battu contre mes doigts avec une fluidité remarquable et des pauses poignantes. Puis, tous ensemble, instruments et voix ont surgi – un océan de vibrations divines – pour mourir, tels des vents quand l'atome est épuisé, et finir en bruine de notes délicates. Bien sûr, cela n'était pas "écouter", mais je sais que les tons et les harmonies m'ont transmis des impressions de grande beauté, de majesté. J'ai également ressenti, ou cru ressentir, les tendres sonorités de la nature chantant dans ma main – les oscillations des instruments à anche et à vent, et le murmure des flots. Jamais, auparavant, je n'avais été ainsi fascinée par une multitude de vibrations tonales.

À l'écoute, plongée dans l'obscurité et la mélodie, l'ombre et les sons emplissant la pièce, je n'ai pu m'empêcher de me rappeler que l'immense compositeur qui a si généreusement dispensé ce flot de douceur dans le monde était sourd, comme moi. J'étais subjuguée par le pouvoir de son inextinguible esprit, grâce auquel, du fond de sa douleur, il a prodigué tant d'allégresse aux autres – et j'étais là, assise, à ressentir de mes mains la somptueuse symphonie qui, comme une mer, a su briser les rivages silencieux de son âme et de la mienne. Permettez-moi de vous remercier chaleureusement pour l'émerveillement que votre belle musique nous a offert, à mes proches et à moi. Je tiens aussi à remercier la station WEAF, pour la joie qu'elle diffuse dans le monde.

Avec mon cordial salut et mes sentiments les meilleurs, je reste votre bien-sincère,

HELEN KELLER

Lettre 03

MERCI BIEN, ET J'ESPÈRE QUE VOUS FINIREZ TOUS ÉTOUFFÉS

Un fan des Beatles au groupe Nike Inc.

30 mars 1987

En mars 1987, une publicité en noir et blanc pour les chaussures Nike Air était diffusée à la télévision, d'une complète banalité excepté un détail : la bande-son reprenait un morceau du catalogue le plus sacré qui soit, celui d'un des groupes les plus reconnaissables de l'Histoire, les Beatles – c'était en fait la première fois qu'une chanson des Fab Four était utilisée dans un tel but. Pour compliquer l'affaire, les trois Beatles survivants n'étaient pas au courant : l'utilisation de cette chanson avait été en partie autorisée par la veuve de John Lennon, Yoko Ono, apparemment sans consulter personne. Comme il fallait s'y attendre, un procès compliqué se profilait à l'horizon, une procédure tentaculaire qui dura deux longues années, avant de finalement se clore en 1989 sur l'interdiction définitive de ce spot publicitaire. Toutefois, la punition infligée par un fan des Beatles furibond fut bien plus prompte : il réagit à la publicité par le biais de cette lettre, envoyée au département communication de Nike peu après sa première diffusion sur les ondes. Cette missive, m'a-t-on dit, trône désormais sur un mur au siège du groupe.

LA LETTRE

Nike Inc.,
Département Publicité/Marketing,
3900 SW Murray,
Beverton – 97005 – Oregon – USA,
30 mars 1987

Cher Monsieur ou Chère Madame,

Je vous adresse cette lettre de plainte en réaction à l'une de vos publicités, franchement écœurante, que j'ai vue à la télévision aujourd'hui. Avec votre totale absence de goût, vous avez créé une pub pour vos chaussures "Michael Jordan" qui exploite, salit et insulte complètement les fans des Beatles et de tous les autres musiciens de renom. Avec cette pub, vous osez souiller la chanson "Revolution" des Beatles, ce qui selon moi en dit assez long sur l'absence d'intégrité de votre société. Manifestement, votre tactique consiste à vous servir de la popularité universelle des Beatles pour vendre votre produit. Vous êtes vraiment tombés aussi bas ? "N'y a-t-il plus rien de sacré ?" (je n'hésite pas à employer la formule, même si c'est un peu cliché). Votre seule motivation est ici de faire de l'argent, pour satisfaire votre appât du gain. Au passage on dirait qu'il vous est complètement égal d'avoir piétiné et sali les précieux souvenirs de millions et de millions de fans dans le monde. Les gens de votre espèce me font gerber ; vous n'êtes que des pervers, médiocres, vides, puants. Votre absence de sensibilité n'a d'égale que la profondeur de votre abjection. Pour votre défense, il faut admettre que vous avez attendu près de sept ans après la mort de John Ono Lennon ; mais vous ne l'avez évidemment pas fait par respect du défunt (Hein ? Du respect ? C'est quoi ça ?).

Au lycée, je jouais au basket, j'ai continué à l'université et je joue encore. J'ai toujours acheté vos chaussures de sport. Pourtant, aujourd'hui même, je peux vous assurer que pas mal de mes amis et moi-même ne contribuerons plus jamais, JAMAIS, en rien à vos tactiques de vente écœurantes. Vous savez, avec des gens comme vous sur cette terre, l'euthanasie a de beaux jours devant elle.

Merci, et j'espèce que vous finirez tous étouffés.

Avec mes salutations les moins distinguées.

Lettre 04

JE SUIS TOUT PRÈS, JUSTE DERRIÈRE TOI

Leonard Cohen à Marianne Ihlen

2016

En 1960, Leonard Cohen quittait Montréal et s'installait à Hydra, une île grecque paisible où il vivrait à diverses périodes les sept années suivantes, écrirait un recueil de poèmes et deux romans. Peu après son arrivée, il rencontra Marianne Ihlen, une jeune Norvégienne de 23 ans qui habitait sur cette île depuis 1958 avec son mari. Ce dernier l'avait ensuite abandonnée, avec leur jeune fils. Leur relation s'étoffa peu à peu, Ihlen devint la muse de Leonard Cohen et elle inspira, entre autres chansons, le "So Long, Marianne" de 1967.
Mais ils finirent par s'éloigner l'un de l'autre et, dans les années 1970, ils étaient passés tous deux à autre chose. Plusieurs dizaines d'années après, en 2016, apprenant que Marianne Ihlen avait une santé déclinante et qu'il lui restait très peu de temps à vivre, il lui écrivit une lettre d'adieu. Une réponse ne tarda pas à arriver. Neuf jours après la mort de Marianne, Leonard Cohen décédait à son tour.

LES LETTRES

Voilà, Marianne, nous en sommes arrivés à ce moment où nous sommes si vieux que nos corps lâchent, et je crois que je vais très bientôt te suivre dans cette voie. Sache que je suis tout près, juste derrière toi, et que si tu tends la main, je crois que tu pourras attraper la mienne.

Tu sais que je t'ai toujours aimée pour ta beauté et ta sagesse, mais je n'ai plus besoin de te le dire parce que tout cela tu le sais. Maintenant, je veux juste te souhaiter un très bon voyage.

Au revoir, ma vieille amie. Avec mon amour infini, je te dis à plus tard.

* * *

Cher Leonard,

Marianne s'est lentement endormie et elle a finalement quitté cette vie hier soir. Complètement en paix, entourée de ses amis proches.

Votre lettre est arrivée alors qu'elle était tout à fait consciente, encore capable de parler et de rire. Quand nous la lui avons lue à haute voix, elle a souri comme seule Marianne peut sourire. Quand elle a entendu que vous étiez juste derrière elle, assez proche pour prendre sa main dans la vôtre, elle a levé cette main.

Cela lui a tranquillisé l'esprit que vous soyez informé de son état. Et votre bénédiction pour ce voyage lui a donné un peu plus de force. Jan et ses amis, qui ont pu voir tout ce que votre message signifiait pour elle, veulent tous vous remercier, avec une profonde gratitude, d'avoir répondu si vite et avec tant d'amour et de compassion.

Au cours de sa dernière heure de vie, je lui ai tenu la main et je lui ai fredonné "Bird on a Wire", alors qu'elle respirait à peine. Et quand nous avons quitté la pièce, après l'envol de son âme par la fenêtre pour de nouvelles aventures, nous lui avons déposé un baiser sur le front et lui avons chuchoté vos paroles éternelles.

"So long, Marianne"

Lettre 05

MERCI

Dr. Mark Taubert à David Bowie

Janvier 2016

Le 10 janvier 2016, deux jours après la sortie du tout dernier album de David Bowie, Blackstar, *sa mort au terme d'un combat de dix-huit mois contre le cancer a brisé des millions de cœurs partout dans le monde. Bowie était un visionnaire, comme il en surgit tout au plus un par génération, son influence sur le monde de la musique aura été immense et le demeure encore. Il est parfaitement logique qu'il ait planifié la sortie de son ultime album juste avant de rendre son dernier soupir. C'était en effet son adieu. Cinq jours plus tard, le fils de Bowie rendait publique une lettre de remerciements que lui avait écrite le Dr. Mark Taubert, un médecin spécialiste en soins palliatifs du Velindre NHS Trust de Cardiff.*

LA LETTRE

Cher David,

Oh, non, dites-moi que ce n'est pas vrai – alors que nous prenions conscience de votre mort, en ces journées de janvier 2016 grises et froides, nombre d'entre nous ont continué de vaquer à leurs occupations. Au début de cette semaine, à l'hôpital, j'ai eu une conversation avec une patiente confrontée à la fin de son existence. Nous avons discuté de votre mort et de votre musique et cela nous a conduits à parler de plusieurs sujets graves, qui ne sont pas toujours simples à aborder avec celui ou celle qui affronte l'imminence de son décès. En fait, votre histoire est devenue pour nous un moyen de communiquer tout à fait ouvertement sur la mort, sujet de conversation que beaucoup de docteurs et d'infirmiers ou d'infirmières ont du mal à aborder. Avant d'approfondir davantage cet échange avec cette patiente, j'aimerais vous faire part de certaines autres choses qui me pèsent, et j'espère que vous ne les trouverez pas d'un ennui affligeant.

Merci pour les *Eighties*, et pour ce temps où votre album *ChangesOneBowie* nous a procuré des heures d'écoute et de bonheur, en particulier lors d'un voyage de Darmstadt à Cologne et au retour. Mes amis et moi associerons sans doute toujours "Diamond Dogs", "Rebel Rebel", "China Girl" et "Golden Years" à cette période si singulière de nos existences. Inutile de préciser que nous avons passé un merveilleux moment, à Cologne.

Merci pour Berlin, surtout au début, quand vos morceaux nous ont offert en partie le cadre musical de tout ce qui se passait alors en Allemagne de l'Est et de l'Ouest. J'ai encore "Helden" en vinyle et je l'ai réécouté quand j'ai appris la nouvelle de votre mort (cela vous fera plaisir de savoir que "Helden" sera aussi le morceau de choix de notre prochain Analogue Music Club au pub Pilot de Penarth, un peu plus tard ce mois-ci). Certains associeront David Hasselhoff à la chute du mur et à la réunification, mais vers cette période beaucoup d'Allemands auraient sans doute aimé que le temps ait pris une cigarette et l'ait mise dans la bouche de M. Hasselhoff[01], au lieu de l'entendre à la radio constamment seriner "Je cherche la liberté". Pour moi, cette période de notre histoire n'a qu'une seule et unique bande-son : "Heroes".

Merci encore au nom de mon ami Ifan, qui est allé à l'un de vos concerts à Cardiff. Sa sœur Haf était à l'entrée ce soir-là et j'ai entendu dire qu'Ifan aurait réussi à entrer gratuitement (il est désolé !). Vous lui avez fait un signe de la main, depuis la scène, à son ami et à lui, ce qui lui restera gravé dans la mémoire à jamais.

Merci pour "Lazarus" et *Blackstar*. Je suis médecin en soins palliatifs et ce que vous avez créé au moment de votre mort a eu sur moi et sur beaucoup de gens avec qui je travaille un effet profond. Votre album est jalonné de références, d'indices et d'allusions. Comme toujours, vous ne facilitez pas trop les interprétations, mais là n'est peut-être pas le plus important. J'ai souvent entendu dire à quel point vous étiez méticuleux dans votre vie. Pour moi, le fait que votre mort apaisée, à votre domicile, ait coïncidé de si près avec la sortie de votre album et son message d'adieu, n'est sans doute pas une coïncidence.

01 _ Allusion au célèbre "Rock'n'Roll Suicide", dans l'album *The Rise and Fall of Ziggy Stardust and the Spiders from Mars* : "*Time takes a cigarette, puts it in your mouth*" (Le temps prend une cigarette et te la met dans la bouche.)

Tout cela a été soigneusement planifié, pour devenir une œuvre d'art mortuaire. Le clip de "Lazarus" est très profond et ses différentes séquences auront pour nous tous des significations très diverses ; pour moi, il y est question du passé, au moment où l'on est confronté à une mort inévitable.

Votre mort, à votre domicile. Beaucoup de gens avec qui j'en parle dans le cadre de mon métier pensent que la mort se passe surtout à l'hôpital, dans un cadre très clinique, mais j'imagine que, dans votre cas, vous avez choisi de mourir chez vous et que vous aviez planifié la chose en détail. C'est l'un des buts des soins palliatifs, et le fait que vous y soyez arrivé permettra à d'autres de considérer cela comme un choix qu'ils voudront voir respecté. Les photos de vous qui sont parues quelques jours après votre mort dataient, disait-on, des dernières semaines de votre vie. Je ne sais pas si c'est exact, mais je suis convaincu que beaucoup d'entre nous aimeraient être capables de se montrer en de telles circonstances dans un costume aussi élégant que vous avez pu le faire sur ces photos. Vous aviez toujours aussi belle allure, et cela avait tout l'air d'être un défi lancé à tous les monstres effrayants[01] auxquels on peut associer les semaines ultimes de l'existence.

Pour réussir à dominer vos symptômes, vous avez probablement reçu des conseils de professionnels des soins palliatifs sur la douleur, la nausée, les vomissements, l'essoufflement, et je peux imaginer qu'ils ont fait ça convenablement. Je suppose qu'ils ont aussi évoqué avec vous toutes les angoisses émotionnelles que vous pouviez éprouver.

01 _ Titre du quatorzième album de Bowie, en 1980 : *Scary Monsters (and Super Creeps). (N.d.T.)*

Pour la planification avancée des soins (c'est-à-dire la planification des décisions de santé et des soins avant que les choses ne s'aggravent et avant que vous ne soyez incapable d'exprimer vos besoins), je suis certain qu'on vous aura soumis toutes sortes d'idées et d'attentes, et que vous aurez pris diverses décisions et dispositions préalables. Elles ont pu être clairement formulées par écrit, à votre chevet, chez vous, pour que tous ceux qui sont venus vous voir sachent clairement ce que vous vouliez, quelle qu'ait pu être votre faculté de communiquer. C'est un domaine dans lequel les professionnels des soins palliatifs, et en fait tous les travailleurs du secteur de la santé, ont envie d'anticiper et de s'améliorer, pour qu'un soudain accident de santé ne se termine pas automatiquement en ambulance aux urgences. Surtout quand les gens ont perdu la faculté d'exprimer leurs souhaits.

D'ailleurs, je doute qu'aux dernières heures ou aux derniers jours de votre vie on ait pratiqué sur vous une réanimation cardio-pulmonaire (RCP), ou même qu'on l'ait envisagée. Malheureusement, certains patients qui n'ont pas volontairement renoncé à ce type d'intervention la subissent encore par défaut. Cela comporte des compressions physiques de la poitrine, entraînant parfois des fractures osseuses, ainsi que des électrochocs, des perfusions et l'intubation des voies respiratoires, et cela ne réussit que chez un à deux pour cent des patients dont le cancer s'est propagé à d'autres organes. Vous avez très certainement demandé à votre équipe médicale de vous remettre un Ordre de ne pas réanimer (NPR). Je ne peux qu'imaginer ce que cela a dû représenter pour vous d'aborder un tel sujet, mais une fois de plus vous avez été un héros, ou un "Held", même en cet instant le plus éprouvant de votre vie. Et les professionnels qui vous ont suivi avaient, j'en suis sûr, de solides connaissances et de grandes compétences en matière de soins palliatifs et de fin de vie. Hélas ! cette facette essentielle de notre formation n'est pas toujours accessible aux jeunes professionnels de santé, y compris les médecins et les infirmières, et elle est parfois négligée ou ne fait pas partie des priorités de ceux qui orientent leur cursus vers telle ou telle spécialité. Je pense que si vous deviez un jour ressusciter (comme Lazare), vous seriez un ferme défenseur d'une bonne formation aux soins palliatifs accessible partout.

Je reviens maintenant à la conversation que j'aie eue avec cette dame qui venait récemment d'apprendre qu'elle était atteinte d'un cancer généralisé, et qu'elle n'avait sans doute guère plus d'un an à vivre. Elle a parlé de vous et de votre musique qu'elle aimait, mais elle n'avait pas beaucoup apprécié votre costume de Ziggy Stardust (parce qu'elle ne savait plus trop si vous étiez un garçon ou une fille). Elle conservait elle aussi des souvenirs de lieux ou d'événements immédiatement reconnaissables tant vous les aviez marqués de votre musique. Ensuite nous avons parlé de ce que serait une belle mort, des derniers instants et de leur déroulement. Et nous avons parlé des soins palliatifs et de l'aide qu'ils peuvent apporter. Elle m'a parlé de la mort de sa mère, de celle de son père, et m'a confié qu'elle voulait être chez elle quand son état se dégraderait, et pas dans un hôpital ou aux urgences, mais si ses symptômes étaient trop lourds pour un traitement à son domicile, elle accepterait volontiers son transfert dans un établissement de soins palliatifs.

Nous nous sommes tous deux demandé qui vous aviez eu auprès de vous lorsque vous avez rendu votre dernier soupir et si quelqu'un vous avait tenu la main. Je pense que cela faisait partie de la vision qu'elle avait de ses propres derniers instants, que c'était pour elle d'une extrême importance, et vous lui avez procuré un moyen d'exprimer ce besoin très personnel devant moi, qui étais plus ou moins un inconnu.

Je vous remercie.

Lettre 06

LA PLUS GRANDE JOUISSANCE MUSICALE QUE J'AIE JAMAIS ÉPROUVÉE

Charles Baudelaire à Richard Wagner

17 février 1860

En 1849, en raison de son activisme politique, le compositeur allemand Richard Wagner fut contraint de fuir son pays natal et de vivre en Suisse, à Venise et ensuite en France. Au total, il resta en exil treize ans. Ce fut durant cette période d'incertitude, peu avant son retour en Allemagne, que Wagner dirigea un certain nombre de concerts dans un théâtre parisien, la Salle Ventadour. Un spectateur présent dans la salle fut particulièrement saisi par ces exécutions, alors qu'il ne connaissait rien de l'œuvre de Wagner : un poète célèbre, Charles Baudelaire. En fait, il fut si impressionné par ce qu'il appelait "la plus grande jouissance musicale que j'aie jamais éprouvée", qu'il écrivit au compositeur une lettre, quelques jours après le dernier de ces concerts.

LA LETTRE

Monsieur,

Je me suis toujours figuré que si accoutumé à la gloire que fût un grand artiste, il n'était pas insensible à un compliment sincère, quand ce compliment était comme un cri de reconnaissance, et enfin que ce pouvait avoir une valeur d'un genre singulier quand il venait d'un Français, c'est-à-dire d'un homme peu fait pour l'enthousiasme et né dans un pays où l'on ne s'entend guère plus à la poésie et à la peinture qu'à la musique. Avant tout, je veux vous dire que je vous dois la plus grande jouissance musicale que j'aie jamais éprouvée. Je suis d'un âge où on ne s'amuse plus guère à écrire aux hommes célèbres, et j'aurais hésité longtemps encore à vous témoigner par lettre mon admiration, si tous les jours mes yeux ne tombaient sur des articles indignes, ridicules, où on fait tous les efforts possibles pour diffamer votre génie. Vous n'êtes pas le premier homme, Monsieur, à l'occasion duquel j'ai eu à souffrir et à rougir de mon pays. Enfin l'indignation m'a poussé à vous témoigner ma reconnaissance ; je me suis dit : je veux être distingué de tous ces imbéciles.

La première fois que je suis allé aux Italiens pour entendre vos ouvrages, j'étais assez mal disposé, et même je l'avouerai, plein de mauvais préjugés ; mais je suis excusable, j'ai été si souvent dupe, j'ai entendu tant de musique de charlatans à grandes prétentions. Par vous j'ai été vaincu tout de suite. Ce que j'ai éprouvé est indescriptible, et si vous daignez ne pas rire, j'essaierai de vous le traduire. D'abord il m'a semblé que je connaissais cette musique, et plus tard en y réfléchissant, j'ai compris d'où venait ce mirage ; il me semblait que cette musique était la mienne, et je la reconnaissais comme tout homme reconnaît les choses qu'il est destiné à aimer. Pour tout autre que pour un homme d'esprit, cette phrase serait immensément ridicule, surtout écrite par quelqu'un qui, comme moi, ne sait pas la musique, et dont toute l'éducation se borne à avoir entendu (avec grand plaisir, il est vrai) quelques beaux morceaux de Weber et de Beethoven.

Ensuite le caractère qui m'a principalement frappé, ç'a été la grandeur. Cela représente le grand, et cela pousse au grand. J'ai retrouvé partout dans vos ouvrages la solennité des grands bruits, des grands aspects de la Nature, et la solennité des grandes passions de l'homme. On se sent tout de suite enlevé et subjugué. L'un des morceaux les plus étranges et qui m'ont apporté une sensation musicale nouvelle est celui qui est destiné à peindre une extase religieuse. L'effet produit par l'introduction des invités et par la fête nuptiale est immense. J'ai senti toute la majesté d'une vie plus large que la nôtre. Autre chose encore : j'ai éprouvé souvent un sentiment d'une nature assez bizarre, c'est l'orgueil et la jouissance de comprendre, de me laisser pénétrer, envahir, volupté vraiment sensuelle, et qui ressemble à celle de monter dans l'air ou de rouler sur la mer. Et la musique en même temps respirait quelquefois l'orgueil de la vie. Généralement ces profondes harmonies me paraissaient ressembler à ces excitants qui accélèrent le pouls de l'imagination. Enfin j'ai éprouvé aussi, et je vous supplie de ne pas rire, des sensations qui dérivent probablement de la tournure de mon esprit et de mes préoccupations fréquentes. Il y a partout quelque chose d'enlevé et d'enlevant, quelque chose aspirant à monter plus haut, quelque chose d'excessif et de superlatif. Par exemple, pour me servir de comparaisons empruntées à la peinture, je suppose devant mes yeux une vaste étendue d'un rouge sombre. Si ce rouge représente la passion, je le vois arriver graduellement, par toutes les transitions de rouge et de rose, à l'incandescence de la fournaise. Il semblerait difficile, impossible même d'arriver à quelque chose de plus ardent ; et cependant une dernière fusée vient tracer un sillon plus blanc sur le blanc qui lui sert de fond. Ce sera, si vous voulez, le cri suprême de l'âme montée à son paroxysme.

J'avais commencé à écrire quelques méditations sur les morceaux de "Tannhäuser" et de "Lohengrin" que nous avons entendus ; mais j'ai reconnu l'impossibilité de tout dire.

Ainsi je pourrais continuer cette lettre interminablement. Si vous avez pu me lire, je vous en remercie. Il ne me reste plus à ajouter que quelques mots. Depuis le jour où j'ai entendu votre musique, je me dis sans cesse, surtout dans les mauvaises heures : Si, au moins, je pouvais entendre ce soir un peu de Wagner ! Il y a sans doute d'autres hommes faits comme moi. En somme vous avez dû être satisfait du public, dont l'instinct a été bien supérieur à la mauvaise science des journalistes. Pourquoi ne donneriez-vous pas quelques concerts encore en y ajoutant des morceaux nouveaux ? Vous nous avez fait connaître un avant goût de jouissances nouvelles ; avez-vous le droit de nous priver du reste ? – Une fois encore, Monsieur, je vous remercie ; vous m'avez rappelé à moi-même et au grand, dans de mauvaises heures,

CH. BAUDELAIRE

Je n'ajoute pas mon adresse, parce que vous croiriez peut-être que j'ai quelque chose à vous demander.

Lettre 07

J'AI DEUX HANDICAPS

Florence Price à Serge Koussevitzky

5 juillet 1943

Florence Price est née en 1887 à Little Rock, dans l'Arkansas, d'une mère blanche (professeure de musique) et d'un père noir (dentiste). À l'âge tendre de quatre ans, guidée par sa mère, elle jouait son premier récital au piano. Avec le temps, son amour de tout ce qui touchait à la musique ne fit que s'intensifier, et la jeune femme devenue adulte s'immergea dans le monde de la musique classique, dans son écrasante majorité blanc et masculin. En 1933, malgré sa couleur de peau et son sexe, elle entra dans l'Histoire quand l'une de ses compositions, Symphonie en mi mineur, *devint la toute première pièce écrite par une Afro-Américaine à être exécutée par un grand orchestre : le Chicago Symphony Orchestra. Malheureusement, cette exception n'était pas la règle et elle passa l'essentiel de sa carrière à rechercher activement un moyen d'atteindre son public. En 1943, elle écrivit à Serge Koussevitzky, chef d'orchestre très admiré qui dirigea l'Orchestre symphonique de Boston pendant vingt-cinq ans, en le priant de songer à diriger l'une de ses compositions. En l'occurrence, comme en bien d'autres circonstances, sa supplique ne rencontra aucun écho.*

LA LETTRE

Cher maître Koussevitzky,

De prime abord, j'ai deux handicaps – ceux du sexe et de la race. Je suis une femme ; et j'ai du sang noir dans les veines.

Partant de là, informé de mes plus mauvais côtés, auriez-vous la bonté de surmonter votre éventuelle tendance à considérer les compositions d'une femme comme trop empreintes de sensiblerie et trop privées de virilité, au moins le temps d'examiner quelques-unes de mes œuvres ?

Pour ce qui est du handicap de la race, peut-être puis-je dissiper un peu vos réticences en vous précisant que je n'espère et ne demande aucune concession sur ce plan. J'entends être jugée sur mon seul mérite – le principal obstacle étant pour moi d'amener des chefs d'orchestre qui ne connaissent rien de mon œuvre à bien vouloir accepter de se pencher sur l'une de mes partitions (je suis pratiquement inconnue dans l'est des États-Unis, sauf peut-être en tant que compositeur de deux morceaux, car Marian Anderson inclut régulièrement l'un ou l'autre dans bon nombre de ses récitals).

J'admets d'emblée que je manque cruellement de hardiesse et de mordant, que je n'ai pu vous écrire cette lettre qu'après avoir affronté et vaincu une timidité obsédante. Étant née dans le Sud, où j'ai vécu presque toute mon enfance, je crois pouvoir sincèrement affirmer que je comprends la vraie musique nègre. Dans une partie de mon travail, j'emploie cet idiome sous sa forme brute. À d'autres moments, elle vient simplement colorer certains de mes thèmes. Et à d'autres encore, cette imprégnation emprunte l'autre facette de mes origines raciales mélangées. Pour des raisons pratiques, j'ai essayé de cultiver et de préserver une aisance d'expression dans les deux idiomes, mais je conserve l'impérieuse, l'inébranlable conviction qu'une musique nationale à la fois très belle et très américaine peut naître de ce creuset, d'où est née la nation américaine proprement dite.

Voudrez-vous étudier mes partitions ?

Avec mes sincères salutations,

Florence B. Price

Lettre 08

DOUCEMENT, JEUNE HOMME

Charles Mingus à Miles Davis

30 novembre 1955

Début novembre 1955, le magazine américain de jazz DownBeat *publiait "Miles : A Trumpeter in the Midst of a Big Comeback Makes a Very Frank Appraisal of Today's Jazz Scene" (Miles : un trompettiste en plein* comeback *nous livre une vision très sincère de la scène du jazz actuel), Un interview d'une remarquable franchise de Miles Davis, trompettiste et compositeur de jazz émérite, dans laquelle il prend pour cible de nombreux collègues musiciens, parmi lesquels le compositeur et double bassiste de renom Charles Mingus, autre géant du jazz mondial qui venait récemment de jouer sur* Blue Moods, *un album de Davis, mais publié par le label du même Mingus. Au lieu d'ignorer l'accusation de Davis, qui jugeait que ses arrangements "déprimants" étaient "des peintures modernes fatiguées", Mingus choisit de réagir par une lettre que* DownBeat *s'empressa de publier.*

LA LETTRE

Je suis assis devant ma table et j'essaie de coucher mes pensées par écrit, en toute sincérité, pour rédiger cette lettre ouverte à Miles Davis. Quatre numéros de *DownBeat* me viennent tout de suite à l'esprit – celui du « Blindfold Test » [écoute en aveugle] de Bird [Charlie Parker], celui de mon propre test d'écoute en aveugle, celui de Miles et le récent article sur son "*comeback*". (Avant d'écrire cette missive, j'en ai écarté plusieurs autres versions "mentales", mais ce dernier jet s'est formé hier soir dans mon esprit en regardant des photos de Bird que Bob Parent avait prises au cours d'une session au Village.) Si une photo devait accompagner mon papier, il faudrait que ce soit cette image de Bird, debout, le regard tourné vers [Thelonious] Monk avec une expression d'amour comme on n'en verra jamais, à mon avis, dans cet univers du jazz !...

L'amour de Bird, si chaleureux, si évident sur cette photo, nous est encore apparu dans son "Blindfold Test". Mais creusez un peu le test de Miles ! Et d'ailleurs, creusez aussi le mien ! Vous voyez où je veux en venir ? Et attardez-vous donc sur ce papier encore plus récent autour du *comeback* de Miles. Comment Miles va-t-il se comporter à son retour, comment va-t-il se remettre en selle ? Va-t-il se conduire comme il n'y a pas si longtemps à Brooklyn avec Max [Roach], Monk et moi, quand il n'arrêtait pas de répéter à Monk de "la boucler" au motif que tous ses accords auraient été faux ? Ou aura-t-il le même comportement que lors d'une séance d'enregistrement encore plus récente, quand il s'est mis à vociférer, puis s'est arrêté de jouer, s'est énervé, a menacé Monk avant de demander ensuite à Bob Weinstock, le producteur de Prestige Records, pourquoi il avait engagé un type aussi peu musicien et de réclamer que Thelonious Monk "la boucle" sur ses solos de trompette ? Que nous arrive-t-il, à nous tous, les disciples de Bird ? À moins que Miles ne me juge trop présomptueux de vouloir me ranger parmi eux ?

Certains d'entre nous ont apparemment beaucoup de mal à grandir un peu mentalement, juste assez pour se rendre compte qu'il existe sur cette grande et belle terre d'autres individus comme nous, faits de chair et d'os. Et même s'ils ne restent jamais immobiles, s'ils ne bougent pas ou s'ils ne "swinguent" pas, ils sont autant dans le vrai que nous, même si, d'après nos critères, nous les jugeons totalement dans le faux. Oui, Miles, je te demande pardon pour mon stupide "Blindfold Test". Je le fais d'autant plus volontiers que cela m'apprend un petit quelque chose. Ils ont beau tous répéter que Dave Brubeck ne swingue pas (et peu importe ce qu'ils débitent à son sujet ou qui d'autre ils étrillent), en fait, cela n'a aucune importance.

Ce n'est pas tant parce que Dave Brubeck a fait la couverture de *Time* – et gagné de l'argent – mais surtout parce qu'il est sincèrement convaincu de savoir swinguer. Il ressent une pulsation qui lui plaît, il la joue, il en éprouve de l'exaltation parce qu'il fait les choses comme lui, Dave Brubeck, croit devoir les faire. Tu l'as dit toi-même dans cet article, Miles, "si un type te fait taper du pied, et si tu le sens dans le creux des reins, etc." Par conséquent, Miles, et selon ta définition, Dave Brubeck est le meilleur de tous les swingueurs, parce qu'au festival de Newport et ailleurs il a donné envie à tout le public de taper du pied et même de frapper dans ses mains...

Miles, aurais tu oublié que "Mingus Fingers" a été écrit en 1945 ? J'avais 22 ans, j'étais un gamin, j'en étais encore à me former et à me démener pour écrire dans la tradition d'Ellington. Miles, c'était il y a dix ans, et je pesais quatre-vingt-trois kilos. Les vêtements que je portais à l'époque sont râpés et ils ne me vont plus. Je suis devenu un homme. Je pèse quatre-vingt-dix-sept kilos. J'ai ma façon de penser. Je ne pense pas comme toi et ma musique n'est pas juste faite pour taper du pied et descendre dans le creux des reins. Si je me sens joyeux et insouciant (quand ça m'arrive), c'est dans cet esprit que j'écris ou que je joue – et c'est pareil quand je suis heureux ou déprimé.

Ce n'est pas parce que je joue du jazz que j'oublie tout de moi. Je joue ou j'écris ce que je ressens à travers le jazz. La musique est un langage d'émotions (ou du moins elle l'était). Celui qui veut fuir la réalité, je ne pense pas que ma musique lui plaira, et si ma musique attirait vraiment ce genre de types, je commencerais à me faire du souci pour ce que j'écris. Ma musique est vivante et elle parle des vivants et des morts, du bien et du mal. C'est une musique pleine de révolte, parce qu'elle est réelle et qu'elle se sait pleine de révolte.

Je sais que tu fais ton *comeback*, Miles, et je suis de tout cœur avec toi, à un point que tu n'imagines pas. Tu joues du grand Miles, le plus grand que j'aie jamais entendu, et tu sais déjà, j'en suis sûr, que tu es l'un des vrais superbes stylistes du jazz américain. Tu es souvent d'une incroyable fraîcheur créative et je suis convaincu que tu te sous-estimes – extérieurement – tout comme d'autres dans cet art. Vraiment, Miles, je t'aime et je veux que tu saches que nous avons besoin de toi, ici, mais tu es quelqu'un de si important dans le jazz que tu dois faire extrêmement attention à ce que tu dis des autres musiciens qui tentent eux aussi de créer...

Tu te souviens de moi, Miles ? Je suis Charles. Exact, Mingus ! Dans mes enregistrements californiens qui sont vieux de onze ans, tu es noté comme troisième trompettiste, sur la recommandation de Lucky Thompson. Alors, doucement, jeune homme. Doucement sur la rampe de lancement...

Si l'envie te venait de répondre à cette lettre ouverte, Miles, il y a une chose que je voudrais que tu saches concernant ce que tu as confié à Nat Hentoff sur tous les morceaux que tu as enregistrés ces deux dernières années. Pourquoi as-tu continué d'enregistrer, session après session, alors que tu soutiens maintenant que rien de tout cela ne te plaisait, à part deux albums ? Je me demande si tu as oublié les titres de ces morceaux, et puis, je m'interroge, comment un véritable artiste peut-il permettre que toute cette musique qu'il n'aime pas soit vendue au public de jazz ? Ou même accepter d'être payé pour un travail dont tu dis toi-même qu'il n'a pas été bien fait ?

Bonne chance pour ton grand retour, Miles.

Lettre 09

J'AI INVENTÉ LE PUNK

Lester Bangs au magazine *East Village Eye*

1981

Né en 1948 en Californie, le critique musical Lester Bangs, qui ne mâchait pas ses mots, n'avait que trente-trois ans quand il est mort d'une overdose à New York. Musicien lui-même, il avait entamé sa carrière de chroniqueur en 1969 par une critique écrite avec passion, mais totalement négative, dans le magazine Rolling Stone, *et il entendait continuer dans cette veine. Plus tard, ayant été renvoyé par* Rolling Stone, *il n'eut pas d'autre choix que de poursuivre sa carrière ailleurs et se consacra à écrire pour un autre magazine,* Creem, *où il atteignit les sommets de son talent journalistique en couvrant la scène punk naissante, au début des années 1970, une déferlante dont il devint le gourou. Avant la fin de la décennie, il avait laissé son empreinte. En 1981, il écrivit cette lettre au magazine* East Village Eye, *et réglait au passage la question que tant de gens avait sur les lèvres : qui a inventé le punk ?*

LA LETTRE

Cher *East Village Eye*,

Jusqu'à présent, dans vos pages, j'ai découvert, à plusieurs périodes différentes, que Richard Hell et John Holmstrom auraient inventé le punk, probablement aussi à des époques différentes. Alors j'ai eu envie d'ajouter ma modeste contribution à ce débat. C'est moi qui ai inventé le punk. Tout le monde le sait. Mais ce faisant je l'ai en réalité volé à Greg Shaw, qui a aussi inventé le *power pop*. Et il l'a lui-même volé à Dave Marsh, qui en réalité n'aura vu Question Mark and the Mysterians sur scène qu'une seule fois. Mais il l'a lui aussi volé à John Sinclair. Qui l'a volé à Rob Tyner. Qui l'a volé à Iggy. Qui l'a volé à Lou Reed. Qui l'a volé à Gene Vincent. Qui l'a volé à James Dean. Qui l'a volé à Marlon Brando. Qui l'a volé à Robert Mitchum. L'expression de son visage, sur cette photo, quand il se fait serrer pour un peu d'herbe... Et il l'a volé à Humphrey Bogart. Qui l'a volé à James Cagney. Qui l'a volé à Pretty Boy Floyd. Qui l'a volé à Harry Crosby. Qui l'a volé à Teddy Roosevelt. Qui l'a volé à Billy the Kid. Qui l'a volé à Mike Fink. Qui l'a volé à Stonewall Jackson. Qui l'a volé à Napoléon. Qui l'a volé à Voltaire. Qui l'a volé à un poivrot anonyme à qui il avait un jour fait les poches alors que le type était vautré dans un caniveau de Paris, dans un état comateux – vous autres les écrivains vous savez ce que c'est qu'attendre un chèque de versement de *royalties*. Le poivrot l'avait volé à sa mère, une mégère édentée qui avait jadis fait le tapin avant de devenir trop vieille et trop moche, après quoi elle était devenue couturière mais elle n'était pas très douée, ses mains d'infirme tremblaient si fort que toutes ses coutures étaient trop lâches et les femmes élégantes de Paris perdaient leur robe en pleine rue. Et c'est ainsi que Lady Godiva a été inventée. Lady Godiva était une punk elle aussi, elle l'avait volé à la vieille mégère pour se venger. Et le cheval de Lady Godiva le lui a volé. Peu après, ledit cheval partit à la guerre avec son cavalier et périt dans une bataille, mais pas avant que le major, qui chevauchait cette monture lui ait dérobé le punk. Le major, qui était sérieusement alcoolique, passait par de longues périodes de trou noir qui duraient des semaines et même des mois, et il oublia donc ce qu'il avait volé. Il avait même oublié d'avoir jamais possédé le punk. Il avait oublié ce que c'était ou ce que cela signifiait. Comme le reste d'entre nous. Mais un soir, hébété par l'alcool, il bredouilla le Secret antédiluvien du Punk, ce Graal si précieux, à un autre alcoolo qui avait meilleure mémoire. Quand le major dessaoula, l'autre alcoolo, un pickpocket et un petit chapardeur, mentit et dit au major que lui, le pickpocket, était à l'origine le propriétaire du punk mais qu'un soir où lui, le pickpocket, avait un sacré coup dans le nez, le major lui avait dérobé le punk. Le major le crut. Par la suite il se saoula et une fois de plus oublia tout du punk. Le punk aurait donc pu se perdre dans une crevasse de l'histoire, John Holmstrom serait devenu représentant de commerce et vendrait des parements d'aluminium au porte-à-porte, et Richard Hell balancerait du foin à la fourche du haut d'un grenier de ferme du Middle-West où il serait devenu journalier ET À LA MINUTE PRÉSENTE, moi qui suis le créateur du punk, ce qu'en réalité je ne devrais pas avoir à vous rappeler, je ne serais pas rock critique et parfois musicien (à la grande exaspération de beaucoup de monde et pour le plus grand plaisir de quelques esprits éclairés), mais plutôt un Grand

Poobah[01] au siège des Témoins de Jéhovah en plein cœur de Brooklyn. Au lieu d'écrire la critique de Devo dans le *Village Voice*, je serais l'auteur de l'article "Springs – the Wonder Metal", publié dans le magazine *Réveillez-vous !* dans le courant de l'année 1978. Et de cela aussi, j'aurais de quoi être fier.

Lester Bangs

01 _ Le Grand Poobah est un personnage du *Mikado*, opéra-comique de Gilbert et Sullivan (1885), aux titres ronflants : "Premier Lord du Trésor, Lord Grand Amiral, Grand Lord de Tout le Reste". *(N.d.T.)*

Lettre 10

J'AI APPRIS À PRENDRE SUR MOI

Piotr Ilitch Tchaïkovski à Nadejda Filaretovna von Meck

5 mars 1878

Pendant treize ans, Piotr Ilitch Tchaïkovski fut en mesure de se consacrer pleinement à la composition d'opéras, de ballets, de concertos et de symphonies qui lui valurent une célébrité amplement méritée, encore intacte à ce jour, et ce en grande partie grâce à une personne : Nadejda Filaretovna von Meck, une propriétaire terrienne russe, mélomane et mécène des arts dont l'immense fortune lui permit, à partir de 1877, d'apporter au compositeur son soutien financier, le libérant ainsi des contraintes de la vie quotidienne. Aspect remarquable de leur relation, ils ne se rencontrèrent jamais ; en revanche, ils correspondaient fréquemment et devinrent amis intimes, par le truchement de la feuille de papier, leurs lettres offrant à Tchaïkovski l'occasion dont il avait si vivement besoin de s'épancher librement et avec passion au sujet de sa musique et de sa vie. Cette lettre-ci fut l'un de ces moments.

LA LETTRE

Clarens,
le 5 mars 1878

C'est un plaisir de vous parler de mes méthodes de composition. Jusqu'à présent, je n'ai jamais eu la moindre opportunité de me confier à quiconque sur ces manifestations secrètes de ma vie intérieure ; c'est en partie parce que cela intéresserait très peu de gens, et en partie parce que, parmi ces quelques personnes, je n'en vois guère qui sauraient me répondre convenablement. Pour vous, et vous seule, je suis heureux de décrire tous les aspects du processus créatif, parce que j'ai trouvé en vous une personne aux perceptions raffinées et qui peut comprendre ma musique.

Ne croyez pas ceux qui chercheront à vous persuader que la création musicale est une occupation froide et rationnelle. La seule musique capable de toucher, d'émouvoir et d'atteindre est celle qui a jailli du fond d'une âme artistique animée par l'inspiration. Il ne fait pas le moindre doute que même les plus grands génies musicaux travaillaient parfois sans être réchauffés par l'inspiration. Cette dernière est un de ces visiteurs qui ne répondent pas toujours au premier appel. Néanmoins il faut travailler constamment, et un artiste honnête ne peut pas rester les bras croisés sous prétexte qu'il ne se sent pas disposé. Si l'on attend la disposition sans chercher à aller au-devant d'elle, on sombre facilement dans la paresse et l'apathie. Il faut avoir de la patience et être convaincu que l'inspiration viendra immanquablement à celui qui a réussi à surmonter sa non-disposition. Personnellement ça m'est arrivé par plus tard qu'aujourd'hui. Je vous ai écrit l'autre jour que je travaillais quotidiennement mais sans entrain. Il m'aurait suffi de céder à l'absence d'envie de travailler, et sans doute serais-je resté longtemps à ne rien faire. Mais la conviction et la patience ne me quittent jamais, et ce matin j'ai été saisi par ce feu d'inspiration inexplicable et venu on ne sait d'où, dont je vous ai parlé, et grâce auquel je sais d'avance que tout ce que j'ai écrit aujourd'hui aura la propriété de parler au cœur et de s'y imprimer[01]. J'espère que vous ne me taxerez pas de vanité si je vous dis qu'il ne m'arrive que très rarement d'éprouver cette non-disposition dont j'ai parlé plus haut. J'explique cela par le fait que je suis doué de patience et que j'ai appris à ne jamais céder à l'absence d'envie. J'ai appris à prendre sur moi. Je suis heureux de ne pas avoir suivi mes confrères russes, qui souffrent d'un manque de persévérance et de confiance en soi, et préfèrent se reposer et remettre le travail à plus tard aussitôt qu'une difficulté se présente. Et c'est pour cela que malgré leur grand talent, ils composent si peu, et de façon si dilettante.

Vous me demandez comment je considère l'instrumentation. Je ne compose jamais abstraitement, c'est-à-dire qu'une idée ne me vient jamais autrement qu'en étant revêtue de sa forme extérieure. Je crée l'idée musicale en même temps que l'instrumentation. Par conséquent, lorsque j'écrivais le *scherzo* de notre symphonie[02], je l'imaginais exactement tel que vous l'avez entendu. Il serait inconcevable de le jouer autrement que *pizzicato*. Si on le jouait avec l'archet, il perdrait absolument tout son sens.

01 _ Tchaïkovski était en train de composer son *Concerto pour violon* op. 35.

02 _ La *Symphonie n° 4*, dédiée “à mon meilleur ami” (Mme von Meck). Dans le *scherzo*, toute la partie A est jouée en *pizzicato* par l'ensemble des cordes.

Ce serait une âme sans corps ; sa musique perdrait tout son attrait.

Concernant l'élément russe dans ma musique, je vous dirai qu'il m'est arrivé de me mettre à composer une œuvre en ayant en vue le développement de tel ou tel chant populaire qui m'a plu. Parfois, comme par exemple dans le final de notre symphonie [01], ça s'est fait de soi-même, sans que je m'y attende. En ce qui concerne, de façon générale, l'élément russe dans ma musique, c'est-à-dire les tournures harmoniques et mélodiques apparentées au chant populaire, ceci provient du fait que je suis né dans une lointaine province, que dès mon enfance j'ai été imprégné de l'ineffable beauté et des traits caractéristiques du chant russe, que j'aime passionnément l'élément russe dans toutes ses manifestations, et qu'en un mot je suis russe dans la pleine signification de ce terme.

01 _ Le final de la *Symphonie n° 4* est écrit sur un célèbre chant populaire russe, "Un bouleau se dressait dans le champs".

Lettre 11

CE N'ÉTAIT PAS DU VOL, MAIS UN ACTE D'AMOUR

John Lennon à Craig McGregor

14 septembre 1971

Le 14 juin 1970, peu après la séparation des Beatles, un article du journaliste Craig McGregor parut en page 13 du New York Times, *intitulé "En fin de compte, les Beatles se sont révélés de faux prophètes", dans lequel le groupe était accusé d'être "des imitateurs blancs de la musique noire" qui "ont exploité la musique de l'homme noir et l'ont finalement trahie" en débitant des chansons de plus en plus conventionnelles, de plus en plus rangées et "contre-révolutionnaires". Fallut-il quinze mois pour qu'une copie de cet article lui parvienne, ou digérer une telle attaque ne pouvait-il se faire qu'au terme d'un lent processus ? Toujours est-il que ce ne fut qu'en septembre de l'année suivante, à bord d'un long-courrier d'American Airlines, que John Lennon répondit à McGregor, par une lettre manuscrite rédigée sur deux feuilles de papier à lettres à l'en-tête de la compagnie.*

LA LETTRE

American Airlines

En vol... oui

Altitude... intrigué

Situation... oui

14 septembre 1971

Cher Craig McGregor,

"Money", "Twist'n'Shout", "You Really Got a Hold on Me", etc., sont des titres que nous (les Beatles) avons chanté dans des salles de toute l'Angleterre, mais surtout à Liverpool. Il nous semblait naturel de les jouer au plus près de la manière dont ils avaient été enregistrés et j'ai même toujours espéré que nous pourrions les jouer encore plus près de la manière dont ils avaient été écrits. Nous ne chantions pas nos propres titres aux premiers jours parce qu'ils n'étaient tout simplement pas à la hauteur, mais nous nous arrangions pour faire savoir que les originaux étaient noirs. Nous adorions la musique et voulions la faire connaître par tous les moyens. Dans les années 1950, peu de gens écoutaient du blues, du R&B ou du rock'n'roll, en Angleterre comme aux États-Unis. Et des gens comme les Animals d'Eric Burdon ou les Stones de Mick ou nous-mêmes, buvions, mangions et dormions avec cette musique, nous l'avions même enregistrée. Et beaucoup d'adolescents s'y sont intéressés grâce à nous.

Ce n'était pas du vol
mais un acte d'amour

John + Yennon

P.-S. : Et qu'en est-il de la face B de "Money" ?

PP.-S. : Même les jeunes Noirs n'aimaient pas le blues, etc. Ce n'était pas assez "tape à l'œil" ou quelque chose comme ça.

Lettre 12

UNE GRANDE RÉUSSITE

Lillian Nordica à son père,

13 mai 1879

En avril 1879, au Teatro Guillaume de Brescia, en Italie, la soprano américaine Lillian Nordica faisait ses débuts à l'opéra dans La Traviata *de Giuseppe Verdi, le rôle de Violetta. Le mois suivant, portée par les critiques dithyrambiques qui avaient salué sa première incursion dans le monde de l'opéra, Nordica écrivait fièrement à son père.*

LA LETTRE

13 mai 1879

Cher père,

Mère t'a écrit, longuement je suppose, sur mon grand succès à l'opéra. Eh bien, elle n'exagère pas. J'ai eu beaucoup de succès, cela ne fait pas de doute. Des cris et des vivats comme tu n'en as jamais entendu. Le théâtre est plein à craquer. J'ai joué de mon mieux, et tu ne m'aurais pas reconnue. Cela me fait rire de voir des hommes et des femmes pleurer et s'essuyer le nez, au dernier acte...

Je vais chanter dans *Faust* en septembre à Monza, et j'espère que ça se passera bien. Envoie-moi des articles plus souvent. Sans rien à lire en anglais, j'ai parfois l'impression que je vais mourir d'ennui. Je suis obligée de lire en français et en italien.

Je vais me dépêcher de rentrer chez nous, dès que possible. Je me sens assez seule parfois, je t'assure...

Samedi soir prochain, c'est mon concert de charité. Je vais chanter la scène de la Folie dans *Lucia* [*di Lammermoor*], ce sera extra. Mes robes sont toutes très jolies, et cela me fera une très belle silhouette. Alors, bonne nuit.

Il était une heure du matin la nuit dernière quand je me suis mise au lit.

Lillie

Lettre 13

VOUS SOUVENEZ-VOUS ENCORE DE MOI ?

Yo-Yo Ma à Leonard Bernstein

21 décembre 1965

Lors d'une soirée de collecte de fonds à Washington le 29 novembre 1962, devant un public de cinq mille personnes parmi lesquelles le président John F. Kennedy, la Première dame Jacqueline Kennedy et Dwight D. Eisenhower, un violoncelliste de sept ans, incroyablement talentueux, et sa sœur furent présentés comme suit par un maître de cérémonie qui n'était autre que le grand compositeur Leonard Bernstein.

"L'attrait qu'exerce notre pays sur les artistes, les scientifiques et les penseurs étrangers, qui non seulement viennent nous rendre visite mais se joignent à nous et deviennent américains, citoyens de ce qui a toujours été pour certains une terre d'opportunités et pour d'autres la terre de la liberté, constitue depuis longtemps l'un des aspects de ce double courant artistique que je viens d'évoquer, qui afflue vers l'Amérique et s'en écoule. Et c'est dans cette grande tradition qu'est venu cette année jusqu'à nous un jeune homme âgé de 7 ans qui porte le nom de Yo-Yo Ma. Yo-Yo a attiré notre attention par l'intermédiaire du grand maître Pablo Casals, qui avait récemment entendu ce garçon jouer du violoncelle. Comme vous l'aurez deviné, Yo-Yo est chinois,

et jusqu'à présent il vivait en France – c'est un garçon très international. Mais sa famille et lui sont désormais ici. Son père enseigne à New York, sa sœur âgée de 11 ans, Yeou-Cheng Ma, poursuit des études musicales, et ils espèrent tous devenir citoyens américains. Nous allons maintenant avoir le plaisir d'entendre Yo-Yo Ma, accompagné de sa sœur Yeou-Cheng Ma, jouer le premier mouvement du Concertino n° 3 *en la majeur de Jean-Baptiste Bréval, qui jouait, enseignait et composait pour le violoncelle il y de cela cent cinquante ans, en France. Voilà une belle image de culture sur laquelle nous pouvons tous méditer en les écoutant. Un violoncelliste chinois de 7 ans jouant de la musique française ancienne pour ses nouveaux compatriotes américains. Bienvenue à Yo-Yo Ma et Yeou-Cheng Ma."*

Trois ans plus tard, Yo-Yo Ma écrivait une lettre à Leonard Bernstein. Il devint par la suite l'un des violoncellistes les plus réputés de son temps.

LA LETTRE

21 décembre 1965

Cher Monsieur Bernstein,

Vous souvenez-vous encore de moi ? J'ai maintenant 10 ans. Cette année, j'ai appris trois concertos avec le professeur Leonard Rose : ceux de Saint-Saëns, Boccherini et Lalo. La semaine dernière, nous avons joué ma sœur et moi au Concert de Noël de la Juilliard School. Nous sommes invités à donner un récital conjoint à la Brearley School le 19 janvier 1966 à treize heures quarante-cinq.

Si vous avez le temps, je serai heureux de jouer pour vous.

Yo-Yo Ma

Lettre 14

EXERCE L'ART, MAIS PÉNÈTRE AUSSI EN SON ÊTRE INTIME

Ludwig van Beethoven à Emilie H.

17 juillet 1812

Ce fut au début du mois de juillet 1812 que le compositeur allemand Ludwig van Beethoven, alors âgé de 42 ans, écrivit l'une de ses missives les plus connues : une déclaration d'amour passionnée de dix pages à son "Éternelle Bien-Aimée" qui à ce jour encore suscite le débat, notamment parce que l'identité de sa destinataire demeure un mystère, si ce n'est que Beethoven refusait de vivre sans elle. Une semaine plus tard, conséquence de cette crise d'angoisse, il rédigeait une lettre d'un tout autre genre, cette fois à une fillette de huit ans. Emilie H. était une admiratrice et une aspirante pianiste de Hambourg qui, avec l'aide de sa gouvernante, avait récemment envoyé à son idole musicale un carnet brodé à la main pour le remercier de son œuvre. En retour, et contre toute attente, la jeune Emilie reçut une lettre de conseils des plus sincères, généreuse invitation à lui écrire encore.

LA LETTRE

Teplice,
17 juillet 1812

Ma chère, bonne Emilie, ma chère Amie !

La réponse à ta lettre arrive tard ; une foule d'occupations, la maladie constante puissent-elles m'excuser. Le fait que je me trouve ici pour rétablir ma santé prouve la sincérité de mon excuse. N'enlève pas leur couronne de laurier à Händel, Haydn et Mozart ; elle leur est due, à moi pas encore.

Ton portefeuille sera conservé parmi d'autres marques d'estime données par quelques personnes, estime que je suis encore bien loin de mériter.

Persévère, n'exerce pas l'art seulement, mais pénètre aussi en son être intime ; il le mérite, car seuls l'art et la science élèvent l'homme jusqu'à la divinité. Si tu devais un jour, ma chère Emilie, désirer quelque chose, n'hésite pas à m'écrire. L'artiste véritable n'a point d'orgueil ; malheureusement il sait que l'art n'a pas de limites, il sent obscurément combien il est éloigné du but et tandis qu'il est peut-être admiré par d'autres, il déplore de n'être pas encore parvenu là où son meilleur génie ne brille que comme un lointain soleil. J'aimerais sans doute mieux te voir, toi et les tiens, que certains riches chez lesquels se trahit la pauvreté intérieure. Si je vais un jour à H., j'irai te voir, voir les tiens. Je ne connais point d'autres qualités chez un humain que celles qui le font compter au nombre des meilleurs ; où je les trouve, là est ma patrie.

Si tu veux m'écrire, chère Emilie, adresse ta lettre ici à Teplice, où je passerai encore quatre semaines, ou bien à Vienne, c'est la même chose. Considère-moi comme ton ami et celui de ta famille.

Ludwig v. Beethoven

Lettre 15

JE N'ÉCRIS MÊME PAS À MA MÈRE

Roger Taylor au magazine *Rolling Stone*

1981

En juin 1980, le groupe de rock anglais Queen s'embarquait pour The Grand Tour, *une tournée mondiale en cinq parties et quatre-vingt-une dates qui se prolongea jusqu'en novembre de l'année suivante et comprenait les cinq premiers concerts du groupe en Amérique du Sud. Ce fut après l'une de ces dates, à Buenos Aires, qu'un article particulièrement peu flatteur parut dans le magazine* Rolling Stone *qui, au lieu de publier une critique du concert proprement dit, n'hésita pas à décrire une répétition "tout simplement épouvantable" pendant laquelle le groupe effectuait en réalité une simple balance son. Le journaliste, James Henke, accusait aussi la section rythmique d'être "molle et poussive", qualifiait le jeu de guitare de Brian May d'"ennuyeux" et le chant de Freddie Mercury d'"apathique et dénué de conviction". Le mois suivant, la lettre que voici – à l'origine écrite dans un accès de colère par le batteur du groupe, Roger Taylor, sur un de ces sacs à vomi que fournissent les compagnies aériennes – fut reprise dans l'odieux bimensuel.*

LA LETTRE

Rolling Stone,

Sidéré, choqué, stupéfait, je me suis finalement endormi en parcourant votre article "approfondi" sur Queen en Amérique du Sud ("Queen fait sa cour en Amérique du Sud", *Rolling Stone* n° 345). Je suis membre du groupe en question et extrêmement putain de fier de sa musique (bon, pas forcément de tout) et de ses créations. Je n'écris même plus à ma mère, car de nos jours les mots écrits semblent avoir moins de valeur que le téléphone et les publications dans votre genre ou dans le genre du *National Enquirer*.

Votre attitude bizarre, une espèce de retour en arrière aux années 1970, couplée à une incompréhension innée, congénitale, du rock'n'roll, ne cesse de me fasciner et de m'agacer. Merci, ah vraiment merci, de votre tendance à la déformation pseudo-politique et à la malhonnêteté que vous continuez de propager dans votre torchon démodé, dogmatique et rétrograde.

Merci aussi pour votre jugement musical finement pensé concernant mon groupe, sur la base de nos réglages de balance son ! Va falloir grandir un peu. Vous êtes les inventeurs du ressentiment. Je vous plains. Vous êtes nuls. Vous êtes emmerdants et vous faites tout votre possible pour nous transmettre le virus.

J'attends votre charmante critique de mon album en cours, dans à peu près huit mois !

ROGER TAYLOR

Londres, Angleterre

Lettre 16

AÏDA PRENDRA LA POUSSIÈRE DANS LES ARCHIVES

Giuseppe Verdi, Prospero Bertani et Giulio Ricordi

Mai 1872

Depuis sa première reportée en 1870 dans le tout nouvel Opéra khédival du Caire, Aïda, *le chef-d'œuvre historique de Giuseppe Verdi, avait conquis les publics du globe grâce à de nombreuses productions. Pourtant, comme en toute chose, la réaction n'a pas été toujours positive. En mai 1872, après avoir fait le voyage à deux reprises pour aller voir* Aïda, *un* Signore *italien, un certain Prospero Bertani, décida d'écrire une lettre à Verdi en personne pour s'en plaindre et réclamer d'être remboursé – pas seulement de ses billets d'entrée, mais aussi de ses frais. Amusé, Verdi répondit en faisant suivre la missive à son éditeur de musique, Giulio Ricordi, avec ses instructions. Le résultat final, comme on le verra, fut une promesse écrite de Bertani de ne plus jamais aller voir cet opéra. Au grand désarroi du* Signore, *Verdi s'organisa plus tard pour que sa lettre de plainte soit publiée dans plusieurs journaux italiens*

LES LETTRES

Verdi à son éditeur de musique, Giulio Ricordi :

Sant'Agata,
10 mai 1872

Cher Giulio,

J'ai reçu hier une lettre de Reggio qui m'a tellement amusé que je te l'envoie, en te demandant de te charger de la mission que je vais devoir te confier. Voici la missive :

Reggio,
7 mai 1872

Très honoré *Signor* Verdi,

Le 2 de ce mois, attiré par la sensation que suscitait votre opéra, *Aïda*, je suis allé à Parme. Une demi-heure avant le début de la représentation, j'étais déjà installé dans mon fauteuil, le n° 120. J'ai admiré le décor, j'ai écouté avec grand plaisir les excellents chanteurs et je me suis donné le plus grand mal pour que rien ne m'échappe. Après la fin de la représentation, je me suis demandé si j'étais satisfait. La réponse fut négative. Je suis rentré à Reggio et, sur le chemin du retour, dans mon wagon de chemin de fer, j'ai écouté le verdict de mes compagnons de voyage. Ils s'accordaient presque tous à penser qu'*Aïda* était une œuvre de tout premier plan.

Là-dessus, j'ai éprouvé le désir de l'entendre à nouveau, et je suis donc derechef retourné à Parme. J'ai déployé les efforts les plus acharnés pour obtenir une place réservée, et il y avait tant de monde que j'ai dû dépenser 5 lires pour voir la représentation dans un certain confort.

J'en suis venu à la conclusion suivante : cet opéra ne contient absolument rien de captivant ou d'exaltant, et sans le décor magnifique, le public ne resterait pas jusqu'à la fin. L'œuvre remplira les travées du théâtre pour quelques représentations supplémentaires, et ensuite elle ira prendre la poussière dans des archives. Maintenant, mon cher *Signor* Verdi, vous pouvez certes imaginer combien je regrette d'avoir dépensé 32 lires pour ces deux représentations. Ajoutez à cela, circonstance aggravante, que je suis dépendant de ma famille, et vous comprendrez que cette somme me hante l'esprit comme un spectre terrible. C'est pourquoi je m'adresse à vous en toute franchise et sans détour pour que vous puissiez m'envoyer ladite somme. Voici le décompte :

Chemin de fer, aller : 2,60

Chemin de fer, retour : 3,30

Théâtre : 8,00

Dîner infect : 2,00

Deux fois : 15,90

Total : 31,80

Dans l'espoir que vous voudrez bien me sortir de cette ornière,

Avec mes sincères salutations,

Bertani

Mon adresse : Bertani, Prospero, via San Domenico, n° 5.

Imaginez donc un peu, cher Ricordi, si pour protéger un fils de famille des spectres horribles qui troublent sa tranquillité d'esprit, que je ne sois pas disposé à rembourser cette petite note de frais sur laquelle il a attiré mon attention ! C'est pourquoi par l'intermédiaire de votre représentant ou d'une banque, je vous prie de bien vouloir rembourser 27,80 lires en mon nom à ce *Signor* Prospero Bertani, 5, via San Domenico. Ce n'est pas le total de la somme qu'il me réclame, mais... lui payer aussi son dîner ! Ah non. Il aurait très bien pu souper chez lui !!! Naturellement, il va accepter de vous envoyer un reçu de ce même montant accompagné d'un mot dans lequel il promet de ne plus jamais aller entendre un de mes nouveaux opéras, afin de s'éviter, à lui, le péril d'autres spectres, et, à moi, la farce d'avoir à lui rembourser un autre voyage [...]

* * *

Ricordi à Verdi :

Milan,
16 mai 1872

Cher Giuseppe,

À peine ai-je reçu votre lettre que j'ai écrit à notre correspondant à Reggio, qui a retrouvé le fameux *Signor* Bertani, lui a versé l'argent et s'est vu remettre le reçu convenu ! je fais copie de la lettre et du reçu pour votre envoi au journal, et je vais tout vous retourner demain. Ah, quels sots il peut y avoir dans ce monde ! Mais celui-ci, c'est le plus beau spécimen que j'aie jamais vu !

Le correspondant de Reggio m'écrit : "J'ai immédiatement envoyé chercher Bertani, qui est venu tout de suite. Averti de la raison de mon invitation, il a d'abord manifesté une certaine surprise, mais ensuite il m'a dit : 'Si le *Maestro* Verdi me rembourse, cela signifie qu'il a estimé que ce que je lui ai écrit était justifié. Il est toutefois de mon devoir de le remercier et je vous prie de bien vouloir le faire pour moi.'"

Celle-là, elle était encore meilleure !

Ravi d'avoir découvert cet oiseau rare, je vous adresse mes plus cordiales salutations, à la *Signora* Peppina et à vous.

Giulio

* * *

Prospero Bertani à Verdi :

15 mai 1872

Je, soussigné, certifie par la présente avoir reçu la somme de 27,80 lires du *Maestro* Giuseppe Verdi, en remboursement de mes frais pour un voyage à Parme où je suis allé entendre l'opéra *Aïda*. Le *Maestro* a considéré qu'il était juste que cette somme me soit restituée, car je n'ai pas trouvé son opéra à mon goût. En même temps, il est bien convenu que je n'entreprendrai pas d'autre voyage en vue d'aller entendre l'un des nouveaux opéras du *Maestro* dans le futur, à moins qu'il ne prenne toutes les dépenses à sa charge, et ce quelle que puisse être mon opinion sur son œuvre.

En confirmation de quoi j'ai apposé ma signature.

Bertani, Prospero

Lettre 17

J'ATTENDS VOS INSTRUCTIONS

Teo Macero à divers, chez Columbia Records

14 novembre 1969

Jusqu'au moment où cette note angoissée du producteur de disques Teo Macero circula dans les bureaux de Columbia Records en novembre 1969, tous les protagonistes impliqués dans la production du nouvel album révolutionnaire de Miles Davis, qui redéfinirait le genre et en repousserait les limites, se satisfaisaient de l'idée qu'à sa sortie, Dieu merci, il porterait ce titre certes assez terne mais heureusement inoffensif : "Listen to this" (Écoutez ça). Ensuite, il y eut un coup de fil de Miles Davis. Les destinataires de cette note interne conseillèrent sans doute à Teo Macero de tout simplement accepter la demande de Miles, puisque son nouvel opus jazzistique sortit en effet quatre mois plus tard, provoquant un énorme battage et récoltant des réactions dithyrambiques, sous une pochette fièrement frappée du titre sans conteste plus mémorable qu'il avait lui-même choisi. Il serait difficile aujourd'hui d'en imaginer un autre.

LA LETTRE

Note interne CBS

De : Teo Macero

À : : JOHN BERG, JOE AGRESTI, PHYLLIS MASON

DATE : 14 novembre 1969

RE : MILES DAVIS CS 9961 XSM 151732/3 PROJECT # 03802

Miles vient d'appeler pour me dire qu'il veut intituler cet album :

"BITCHES BREW"

J'attends vos instructions

Teo

Lettre 18

NE LAISSEZ PERSONNE DÉCIDER QUI VOUS ÊTES !

Angélique Kidjo aux filles du monde

2013

Angélique Kidjo est née en 1960 dans une ville d'Afrique de l'Ouest, Ouidah, au Bénin, et fut immergée dès son plus jeune âge dans le monde de la musique et de la danse grâce à sa mère, chorégraphe et directrice de théâtre réputée. Fortement influencée par les chants populaires traditionnels mais aussi par les bribes de rock américain qui réussissaient alors à traverser l'océan Atlantique, en 1981, elle sortait son tout premier album. Deux ans plus tard, elle fuyait les troubles de son pays natal sous l'emprise d'un régime communiste et s'installait à Paris pour étudier dans une école de jazz, se gorgeant aussitôt de toute la musique qu'elle pouvait absorber. En 2013, avec treize albums à son actif, un Grammy Award et de nombreux éloges pour son action militante inlassable, Angélique Kidjo choisit de partager sa sagesse chèrement acquise avec les jeunes filles du monde, par le biais d'une lettre ouverte.

LA LETTRE

Chères filles du monde,

J'étais une fillette de 12 ans, je vivais dans le centre de Cotonou, au Bénin, en Afrique de l'Ouest. Nous étions partout entourés de musique, de chanteurs traditionnels avec leurs tambours et de radios hurlant des chansons du monde entier.

Chanter a toujours été ma passion. Ma maman m'a même dit que je chantais avant de savoir parler. Un jour, j'ai découvert une chanson entraînante qui donnait à tout le monde l'envie de danser. Cela s'intitulait "Pata Pata". J'ai été envoûtée par force et la beauté de la voix qui la chantait. Il fallait que je me procure tout de suite le 45 tours. C'est alors que j'ai entendu pour la première fois le nom de Miriam Makeba, la célèbre chanteuse sud-africaine. J'ai aussi appris son combat contre l'apartheid et le succès qu'elle rencontrait partout dans le monde.

Même si, à la maison, je pouvais voir tout le respect qu'avait mon père envers ma mère, je sentais bien que le monde était déséquilibré et à quel point il était difficile pour les filles et les femmes de réussir. À l'école, beaucoup de mes amies abandonnaient leurs études très jeunes à cause de la pression sociale écrasante. La plupart d'entre elles étaient incapables de choisir leur destin. C'était comme si elles allaient rester éternellement la fille, l'épouse ou la mère de quelqu'un.

Pourtant, en voyant le sourire de Miriam sur la pochette, sa confiance en elle et le respect qu'elle inspirait, je me suis mise à rêver. Si une femme africaine exilée née dans une famille pauvre avait été capable d'accomplir tant de choses, il y aurait peut-être une toute petite chance pour que je puisse suivre sa voie. Perdue dans mes pensées, allongée sur mon lit, j'écoutais sa musique des heures durant en apprenant par cœur les paroles de toutes ses chansons – dans ma tête, j'étais prête à voyager avec elle, à chanter avec elle, à rencontrer les dirigeants de la planète avec elle et à militer avec elle pour la liberté de son peuple.

Ce rêve ne m'a jamais quittée. J'ai grandi et j'ai été confrontée à beaucoup de rejets, à quantité d'obstacles, mais la voix de Miriam n'a jamais cessé de chanter dans ma tête. Je commençais à connaître mes premiers succès en chantant sur la station de la radio nationale.

Un jour, en rentrant de l'école, un groupe d'adolescents m'a reconnue et m'a insultée en me traitant de putain parce que j'étais une chanteuse. Je suis rentrée chez moi en pleurs, et j'ai eu envie de renoncer pour de bon à chanter. Il se trouvait que Mama Congo, ma grand-mère maternelle, était à la maison. Elle m'a demandé pourquoi je pleurais tant. Je lui ai expliqué, et elle m'a donné un conseil que je n'ai jamais oublié. Je voudrais que vous le reteniez, vous aussi, quand vous croirez vos rêves brisés.

Elle m'a dit : “Tu veux être chanteuse ?”

“Oui, grand-mère.”

“Alors tu ne peux pas te laisser décourager par l'opinion des autres. Ne renonce jamais à tes rêves, ne laisse pas les autres décider qui tu es, sinon ils auront gagné !”

Bien des années se sont écoulées. J'ai quitté mon pays, comme l'avait fait Miriam. J'ai travaillé avec acharnement, en écoutant les critiques constructives, en ignorant les gens négatifs et en gardant les chansons de Miriam près de mon cœur. Ensuite, ce fut une autre décennie, dans un autre pays, mais le jour est enfin venu où l'on m'a demandé de chanter en première partie de mon idole bien-aimée. J'avais du mal à y croire.

Rappelez-vous, les filles, je vous en prie : ne laissez personne décider qui vous êtes !

Angélique Kidjo

Lettre 19

PAS CELUI-CI, MAÎTRE – IL N'A AUCUN SENS DU RYTHME

Richard Strauss à Hans Diestel

15 juillet 1931

En 1931, l'essayiste Hans Diestel écrivait au célèbre compositeur allemand Richard Strauss afin de recevoir de sa part un conseil d'expert sur le monde de la musique orchestrale, un sujet sur lequel il comptait publier prochainement un livre, Ein Orchestermusiker über das Dirigieren (Sur l'art de diriger, par un musicien d'orchestre). *Cette lettre fascinante, la réponse de Strauss, devint ensuite la préface de l'ouvrage : une parfaite introduction sur le sujet, par l'un des compositeurs majeurs du vingtième siècle, qui avait écrit sa première composition à l'âge de 6 ans et n'avait jamais eu le moindre regret.*

LA LETTRE

Cher Herr Diestel,

Quand j'ai dirigé mes premiers opéras, en 1886 et 1889, en tant que directeur de la musique du roi au Théâtre de la Cour de Munich (il existait encore des endroits de ce genre, à l'époque, dotés de subsides illimités et de chanteurs sans congés contractuels), mon père, qui avait alors 65 ans, occupait encore son pupitre de premier cor, comme il l'avait fait depuis quarante-cinq ans, arrivant toujours avec un sens fabuleux du devoir une heure avant le début de la représentation, non seulement inquiet de rater ses propres passages de solo compliqués dans *Così fan tutte*, mais craignant aussi que son fils inexpérimenté, sur son estrade de chef, ne commette une bourde.

Lui qui admirait un chef comme Lachner et s'opposait à Billow, ce fut à cette époque qu'il remarqua non sans ironie : "Vous, les chefs, qui êtes si fiers de votre pouvoir ! Quand un nouveau personnage fait face à l'orchestre, rien qu'à sa manière de monter sur l'estrade et d'ouvrir sa partition, avant même qu'il ne lève sa baguette, nous savons qui sera le maître, lui ou nous."

Reprenant cette réflexion comme une sorte de devise, pour votre livre, voici ce que je dirais à mes estimés collègues : ne soyez pas trop fiers de vos trois rappels après la troisième ouverture de *Léonore*. En bas, dans la fosse d'orchestre, parmi les premiers violons, dans le fond au milieu des cors ou même à l'autre extrémité, du côté des timbales, il y a des observateurs vigilants qui observent chacune de vos noires ou de vos croches d'un œil critique, qui grommellent si vous leur agitez furieusement votre baguette sous le nez en dirigeant Tristan *alla breve* à quatre, ou lorsque vous célébrez le mouvement "Au bord du ruisseau" de la *Pastorale*, ou la seconde variation de l'adagio de la *Neuvième* en battant douze à la croche. Ils se révolteront même si vous leur hurlez constamment "chuuuut" et "piano, messieurs" en pleine exécution, alors même que votre main droite dirige constamment *forte*. Si vous leur assénez au début de la répétition que "les vents jouent faux" en étant incapable de leur indiquer quel instrument joue trop haut ou trop bas, vous les verrez cligner des yeux. Le chef sur son estrade peut toujours s'imaginer qu'ils suivent avec déférence ses moindres battues, mais en réalité, il aura beau perdre la cadence, ils continueront de jouer sans le regarder et s'il dirige par exemple pour la première fois une symphonie qu'ils ont jouée à cent reprises sous la baguette de chefs supérieurs, à chaque faux tempo, ils récrimineront contre son "interprétation individualiste".

Lors d'une répétition, j'avais égaré ma baguette et j'étais sur le point d'en prendre une autre, mais le premier alto de la Philharmonie de Vienne m'a lancé : "Pas celui-ci, maître – il n'a aucun sens du rythme."

En résumé, les histoires de chefs d'orchestre qui se sont fait remettre à leur place par des membres de l'orchestre rempliraient des volumes entiers. Et pourtant, cette troupe malicieuse qui s'avance laborieusement en un *mezzo-forte* chronique, dont on ne peut jamais obtenir même en la flattant à outrance qu'elle accompagne *pianissimo* (noté pp) ou qu'elle joue des accords précis en récitatif, sauf si l'estrade est occupée par le bon chef, avec quel enthousiasme ne jouera-t-elle pas – même si les balourds qui n'ont aucun sens de ce qu'est une répétition les mettent à la torture, et même s'ils sont épuisés d'avoir à leur faire la leçon. Avec quelle abnégation ne répètent-ils pas, dès lors qu'ils savent que leur chef ne viendra pas les tourmenter sans nécessité, avec quelle promptitude n'obéiront-ils pas à son geste le plus délicat le soir du concert (surtout s'il les a dispensés d'une répétition), lorsque sa main droite, maîtrisant pleinement le grand art de la direction d'orchestre, leur communique ses intentions exactes ; lorsque son œil surveille leur jeu avec une sévérité bienveillante ; et quand sa main gauche ne se ferme pas en un poing sur les passages pianissimos et ne réfrène pas nécessairement ses instrumentistes sur les passages pianos.

Il n'est tout simplement pas vrai de dire qu'on compose “tout”, si par “composer” on désigne la transcription d'une impression sensuelle ou émotionnelle dans le langage symbolique de la musique. Naturellement, il n'en est pas moins vrai que l'on peut peindre en sons (surtout certains mouvements), mais que l'on risque toujours d'en attendre trop de la musique et de tomber dans l'imitation stérile de la nature. Malgré toute l'intelligence et les connaissances techniques qui entrent dans la création d'une telle musique, elle restera toujours de second ordre.

Je suis convaincu qu'un orchestre plus réduit, qui ne noiera pas autant la voix humaine que le grand orchestre, aura une incidence décisive sur l'effet dramatique. Nombre de nos jeunes compositeurs s'en sont déjà aperçus. L'orchestre de l'opéra du futur est l'orchestre de chambre qui, en brossant la toile de fond de l'action sur la scène avec une clarté cristalline, peut à lui seul réaliser précisément l'intention du compositeur eu égard aux parties vocales. C'est après tout l'un des desiderata du public de ne pas seulement entendre des sons mais d'être aussi capable de suivre distinctement les paroles.

Ma direction d'orchestre a été fréquemment critiquée parce que, surtout à mes débuts, les gens décelaient des tempos fautifs dans mes interprétations de Beethoven. "Qui oserait aujourd'hui dogmatiquement affirmer que Beethoven lui-même aurait voulu que l'on prenne un tempo à un certain rythme ? Existe-t-il en ce domaine une tradition authentique ?"

Il n'existe aucune tradition de cet ordre et c'est pour cela que je considère qu'il faut s'en remettre à la pure sagacité artistique et subjective du chef, qui doit décider seul de ce qui est bien ou mal. Je reproduis chaque pièce de Beethoven, de Wagner, etc., en fonction de ma compréhension de ces œuvres, acquise au terme de nombreuses années de travail, avec la conviction que c'est la seule manière juste et véritable de procéder.

De temps à autre, j'ai tenté de revenir à la littérature symphonique qui m'a tant absorbé et tant fasciné depuis ma jeunesse. Pourtant, à ce jour, rien de valable ne m'est venu en tête. Même la musique à programme ne pourra exister et ne sera élevée au rang d'un art que si son créateur est avant tout un musicien capable d'inventer et de créer. Sans quoi il reste un charlatan car la qualité et la rigueur de l'invention musicale sont des facteurs essentiels, même s'agissant de musique à programme.

C'est peut être un effet de l'esprit du temps que nos successeurs, notre "jeune génération", nos "modernes" ne puissent plus percevoir mon œuvre dramatique et symphonique comme l'expression valable du musicien et de l'homme qui est en moi, qui vit en moi alors même que les problèmes musicaux et artistiques qu'elle posait sont à mes yeux depuis longtemps résolus, et qu'ils commencent à se poser pour “la jeune génération”. Nous sommes tous les enfants de notre époque et nous ne pouvons pas échapper à l’ombre qu’elle projette en nous.

Richard Strauss

Lettre 20

IMAGINE LA SCÈNE

Rik Mayall à Bob Geldof

26 novembre 1984

Le 25 novembre 1984, des dizaines de stars de la scène musicale britannique se rassemblèrent aux SARM West Studios de Londres, invités par Bob Geldof et Midge Ure à unir leurs talents et à former un éphémère supergroupe, Band Aid, pour enregistrer la chanson "Do They Know It's Christmas ?", un disque fait pour lever des fonds destinés aux populations frappées par la famine en Éthiopie. L'initiative rencontra un succès phénoménal. Le lendemain de l'enregistrement, Rik Mayall, acteur fétiche de la série télé anglaise des années 1980, Les Branchés debranchés *(diffusée sur Canal + en 1985), écrivit une lettre de plainte à Geldof (il évoque l'épisode dans ses Mémoires,* Bigger than Hitler – Better than Christ (Plus fort que Hitler – meilleur que le Christ)*).*

LA LETTRE

Bob Geldof,
rez-de-chaussée,
126b Kilburn High Road,
Londres,
26 novembre 1984

Cher Bob,

J'adore ton travail – tout du moins je l'adorais encore jusqu'à hier, quand je suis allé aux Air Studios dans l'intention de faire mon numéro pour ton Band Aid. Qu'est-ce que vous fabriquez tous, là-bas, nom de Dieu de bordel ? Moi, je ne voulais qu'une chose, me joindre à un groupe de mes semblables, stars internationales du monde de la pop et du rock, et enregistrer un simple petit morceau qui permettrait de procurer des vivres et des provisions essentielles à ceux qui meurent de faim en Afrique. Eh bien... non. Non, non, non, non. Absolument carrément pas du tout, non.

Imagine un peu la scène. Voilà. Je marche en direction des Air Studios au moment où Phil Collins arrive. Je l'ai appelé mais il a fait semblant de ne pas m'entendre. Entre toi et moi, Bob, je n'ai jamais apprécié ce type. Il a quelque chose d'un peu glauque. D'un peu tordu. Et ses disques... carrément nuls. En tout cas, j'allais le suivre dans les studios quand un mec en blouson d'aviateur, une vraie baraque, m'a bloqué le passage. Je me suis dit "Waouh", mais j'ai cru que c'était sans doute un bon tour concocté par un de mes grands potes chez ces pop-stars, Francis Rossi, ou

Kool, de Kool and the Gang. Et le mec m'a fait : "Les gars dans ton genre, ici, on n'en veut pas." J'ai rigolé, l'air complice, mais il était carrément sérieux. Je lui ai suggéré d'aller t'avertir de mon arrivée et que j'étais venu faire ma partie. À son retour, quelques minutes plus tard, il m'a raconté des salades, il t'aurait causé et tu lui aurais ordonné de me répondre d'aller me faire foutre.

C'est à ce moment-là que Simon Le Bon est arrivé avec son groupe entièrement composé de filles. Je me suis approché de lui et je lui ai expliqué qu'on était en pleine confusion mais il a fait semblant de ne pas me reconnaître. Qu'est-ce qui ne tourne pas rond, chez ces types ? Ensuite je suis retourné discuter avec le grand mec en blouson et là, il m'a carrément démonté la tête. Oui, Bob, cette dernière phrase, je te suggère de la relire une deuxième fois. C'est la vérité, je me suis fait démonter la tête à une séance d'enregistrement dans le cadre d'une opération caritative. Ta séance d'enregistrement, ton opération caritative. Ça te fait quel effet, Bob ?

J'étais donc là, étalé sur le trottoir, quand une limousine s'arrête à côté de moi et Boy George en descend avec George Michael et Bananarama, ils m'ont reconnu, c'est une certitude, ils m'ont enjambé et ils sont entrés en faisant semblant de rien. Ça se voit, ce genre de choses.

Sans me laisser démonter (sans rancune aucune), j'ai contourné le bâtiment et sur l'arrière j'ai trouvé une fenêtre entrouverte. J'ai escaladé, j'ai pu me faufiler et imagine l'horreur : je suis tombé la tête la première dans une cuvette de toilettes. Maintenant, Bob, tu me connais, tu sais que je suis pas du genre à avaler, mais en cette occasion je me suis laissé prendre par surprise et j'ai réussi à ingurgiter presque deux litres d'eau des chiottes plus autre chose que je qualifierai d'un mot : "solide". Ça m'a donné envie de vomir, mais j'étais fermement décidé à continuer et j'ai pu me frayer un passage jusqu'au studio. Je dois te reconnaître une chose, Bob, tu avais de grandes stars, autour de toi : Bono, Paul Weller, Chris Cross – rien que des talents du sol au plafond et juste au moment où je réalisais l'énormité de l'affaire, bavardant entre stars avec des légendes du rock comme Paul Young, je t'ai entendu dire au vigile "Sortez ce connard avec de la merde plein les cheveux". Venant de toi, j'imagine que c'était une blague mais ça s'est mal passé parce que le vigile en question m'a réellement foutu dehors.

Évidemment, si tout ça n'était qu'un bon tour que vous m'avez joué entre super potes du show-biz, je veux que tu saches que ça ne me dérange vraiment pas et que je vous aime tous comme des frères, ou comme des sœurs. Mais si ce n'est pas ça, alors vous êtes une bande de trous du cul, des gens jaloux et sans talent.

Autre chose : tu devrais sérieusement envisager de réaffecter une partie des fonds pour l'Éthiopie et te payer le soutien de célébrités vraiment professionnelles, des géants comiques comme moi. À long terme, tu gagnerais beaucoup plus d'argent mais tu es sans doute trop mesquin et trop imbu de ta personne pour t'en rendre compte.

Quoi qu'il en soit, Bob, fais-moi signe. Sans attendre. Et salue Midge de ma part.

Rik

Lettre 21

QUI EST KAREN CARPENTER, EN RÉALITÉ ?

Kim Gordon à Karen Carpenter

Date inconnue

Le 4 février 1983, Karen Carpenter, alors âgée de 32 ans, mourait d'une défaillance cardiaque provoquée par l'anorexie mentale, un trouble de l'alimentation contre lequel elle luttait depuis un certain temps. À son enterrement, une semaine plus tard, des milliers de personnes étaient présentes, et non sans raison : depuis quatorze ans, jusqu'à sa mort tragique, Karen Carpenter était l'autre moitié de The Carpenters, un duo qu'elle avait formé avec son frère Richard en 1969 et qui, au fil des ans, avait attiré des millions de fans en adoration. Trente ans après sa mort, Kim Gordon, fondatrice du groupe de rock Sonic Youth et admiratrice de Karen, lui écrivit une lettre qui fut reprise, non datée, dans le livre Sonic Youth : Sensational Fix.

LA LETTRE

Chère Karen,

Durant toutes les années où j'ai vu The Carpenters dans des émissions de télévision je t'ai vue changer, toi, la jeune fille toute simple aux grands yeux innocents comme des cookies Oreo crème-chocolat, je t'ai vue, les cernes creusés, ton corps maigre à la dérive sur un plateau couleur bonbon acidulé. Les mots sortaient de ta bouche mais tes yeux disaient toutes sortes d'autres choses. "Aidez-moi, je vous en prie, je me suis égarée dans ma propre résistance passive, quelque chose ne va pas. Je voulais disparaître et échapper à leur emprise à tous. À mes parents, à Richard, aux journalistes qui me traitent de 'grosse hippie'. Puisqu'on m'a appris comme à toutes les jeunes filles à être polie et bien élevée, je croyais que personne ne remarquerait rien – du moins extérieurement tant que je continuerais à faire ce qu'on attendait de moi. Ils réussiraient peut-être justement à m'imposer leur contrôle sur tous les aspects extérieurs de mon existence, mais mon corps, lui, m'appartient entièrement. Je peux rapetisser. Je peux disparaître. Je peux me faire mourir de faim et ils n'en sauront rien. Ma voix ne me trahira jamais. Ce ne sont pas mes mots. Personne ne devinera ma souffrance. Mais je vais m'approprier ces mots, car il faut bien que je m'exprime, d'une manière ou d'une autre. La douleur n'est pas parfaite, et elle ne laisse donc aucune place à Richard. Il faut que je sois parfaite, moi aussi. Je dois être mince, pour être parfaite. Ai-je été adolescente, un jour ? J'ai oublié. Maintenant j'ai l'air d'une femme d'âge mûre, avec une méchante permanente et des fringues style western."

Il faut que je te demande une chose, Karen : qui étaient tes modèles ? Était-ce ta mère ? Quel genre de livres aimais-tu lire ? Personne ne t'a-t-il jamais posé cette question : cela fait quel effet, d'être une fille dans le milieu de la musique ? Quelles étaient tes rêves ? Avais-tu des amies de sexe féminin, ou ton monde se limitait-il à Richard et toi, à ta maman et ton papa, à A&M Records ? N'es-tu jamais allée courir sur le sable, sentir l'océan s'écouler entre tes jambes ? Qui est Karen Carpenter en réalité, au-delà de la jeune fille triste avec cette voix extraordinairement belle et mélancolique ?

Ton admiratrice – avec mon affection

Kim

Lettre 22

BALIVERNES

Harry S. Truman à Paul Hume

6 décembre 1950

Dans la soirée du 5 décembre 1950, un public soigneusement choisi de trois mille cinq cents personnes remplissait les travées du Constitution Hall à Washington pour assister à un tour de chant de Margaret Truman, fille unique du président Harry S. Truman, également présent. De l'avis général, elle n'avait aucun talent, mais sa prestation bénéficia après le concert d'une vague de réactions polies, mollement positives, sauf de la part d'un personnage qui refusa de feindre l'enchantement – le critique musical du Washington Post, Paul Hume, dont l'article franc et sincère, paru le lendemain matin, contenait les commentaires suivants :

“Mlle Truman est un phénomène américain proprement unique, avec une voix agréable et fluette, mais de qualité passable [...] Mlle Truman ne sait pas très bien chanter. Elle est presque tout le temps fade – plus fade encore hier soir que toutes les autres fois où nous avions pu l'entendre ces dernières années. [...] Il y a de rares moments au cours de son récital où l'on peut respirer en ayant la certitude qu'elle va réussir à atteindre son but, en l'occurrence la fin de la chanson. [...] Depuis toutes ces années où nous avons pu l'entendre, Mlle Truman

ne s'est pas améliorée ; elle ne parvient toujours pas à chanter avec un semblant de raffinement professionnel. Elle ne communique presque rien de la musique qu'elle présente à nos oreilles."

Naturellement, le président Truman était furibond, et il fusilla aussitôt Paul Hume d'une lettre bien sentie. Le lendemain, au grand dam de Margaret, ladite missive faisait la une des journaux.

LA LETTRE

LA MAISON BLANCHE,
WASHINGTON,
6 décembre 1950

Monsieur Hume,

Je viens de lire votre critique exécrable du concert de Margaret. J'en conclus que vous devez être “un de ces bilieux aux huit ulcères payés au prix de quatre”.

Vous me faites l'effet d'un vieil homme frustré qui aurait aimé avoir un peu de succès. Quand vous écrivez de telles balivernes, uniquement dignes de la rubrique des chiens écrasés de votre journal, cela démontre amplement que vous avez perdu la boule et que quatre de vos ulcères au moins sont à l'œuvre.

J'espère vous rencontrer un jour. Après quoi, il vous faudra un nouveau nez, de gros beefsteaks à plaquer sur vos yeux au beurre noir et peut-être quelqu'un pour vous aider à tenir debout !

Comparé à vous, votre confrère Westbrook Pegler, ce rat d'égout, est un vrai gentleman. J'espère que vous prendrez cela comme la pire des insultes, plus encore que comme une réflexion sur les individus de votre espèce.

H.S.T.

Lettre 23

LA COULEUR DES ÉTOILES, DE SA PEAU, DE SON AMOUR

Jon M. Chu à Coldplay

8 décembre 2017

À sa sortie en 2018, le film Crazy Rich Asians *rencontra un énorme succès, battit tous les records d'entrée et fut salué par un concert de louanges pour au moins deux raisons : non seulement c'était un grand moment de cinéma, mais c'était aussi le premier film hollywoodien depuis un quart de siècle à réunir une brochette d'acteurs entièrement asiatiques. Ensuite, il y avait la musique originale. À la fin du film, une femme se met à chanter le tube de Coldplay,* "Yellow", *mais en mandarin au lieu de l'anglais. Au stade de la post-production, Jon M. Chu tenait absolument à utiliser ce morceau de Coldplay, mais sa demande fut rejetée. Sans désarmer, il écrivit cette lettre aux membres du groupe. Quelques jours après, il recevait leur feu vert.*

LA LETTRE

8 décembre 2017

Chers Chris, Guy, Jonny et Will

Je sais que cela peut paraître un peu étrange, mais j'ai eu toute ma vie une relation compliquée avec la couleur jaune. À l'école élémentaire, j'ai d'abord entendu ce mot sur le mode de l'insulte. Ensuite, j'ai vu des films où l'on traitait les lâches "de sales jaunes[01]". Bref, toute ma vie, ce mot a eu une connotation négative. Enfin, c'est-à-dire jusqu'à ce que j'entende votre chanson. Pour la première fois de ma vie, j'entendais cette couleur décrite de la plus belle, de la plus magique des façons : la couleur des étoiles, de sa peau, de son amour. C'était une image incroyablement attirante, si porteuse qu'elle m'a permis de me voir autrement. Je me souviens du jour où j'ai vu pour la première fois le clip vidéo du morceau à la fac, sur "Total Request Live", l'émission de MTV. Le plan sur le soleil levant était à couper le souffle, autant pour le cinéaste que pour le mélomane que j'étais. Pour mes amis et moi, c'est tout de suite devenu un hymne et cela nous a inspiré un sentiment de fierté que nous n'avions encore jamais éprouvé... (même si cela n'a sans doute jamais correspondu à vos intentions). Nous pouvions revendiquer cette couleur et cette idée ne m'a pour ainsi dire plus quitté du reste de mon existence.

01 _ En anglais, *yellow* désigne un trouillard.

Si je vous écris tout ceci, c'est que je réalise un film pour Warner Brothers, qui s'appelle *Crazy Rich Asians* (inspiré du best-seller) et réunit la première distribution entièrement ASIATIQUE d'un film produit par les studios de Hollywood depuis vingt-cinq ans. Dingue. Nous avons récemment fait la couverture du magazine *Entertainment Weekly*, pour célébrer la chose. C'est une comédie romantique, l'histoire d'une jeune femme américaine d'origine asiatique (que joue Constance Wu) à New York qui finit par se réconcilier avec sa propre identité culturelle lorsqu'elle se rend chez la mère de son petit ami (jouée par Michelle Yeoh) à Singapour. C'est un film positif, généreux, romantique, mais il y a aussi derrière tout cela l'histoire très intime d'une jeune fille qui devient une femme. Elle découvre qu'elle est quelqu'un de bien et qu'en dépit de tout ce qu'on lui a appris ou des traitements qu'on lui a infligés le monde lui est ouvert, et elle peut en fin de compte être fière de ses origines mélangées. La dernière scène du film montre cette prise de conscience : quand elle se dirige vers l'aéroport pour rentrer chez elle, elle est déjà une autre femme. C'est une marche émancipatrice, pleine d'émotion, et nous avons besoin d'un hymne qui soit à la hauteur de son triomphe intérieur. C'est là que "Yellow" entre en scène. Ce serait un tel honneur de pouvoir utiliser votre chanson qui m'a donné tant de force depuis toutes ces années, pour mettre en valeur cette dernière partie du film. Et pour moi, à titre personnel, cela compléterait le parcours que j'ai vécu, en me battant pour réussir dans le métier du cinéma.

Je sais qu'en tant qu'artiste il est toujours difficile de décider quand il est bon de rattacher sa création à celle d'un autre – et je suis sûr que dans la plupart des cas vous avez tendance à refuser. Pourtant, je crois vraiment ce projet singulier. Je crois franchement cette situation unique, car pour la première fois dans un film d'un studio hollywoodien, une distribution entièrement asiatique ne joue pas des rôles secondaires ou stéréotypés mais s'empare des personnages principaux, dans un registre à la fois romantique et comique. Cela inspirera à toute une génération d'Américains d'origine asiatique et à d'autres le même sentiment de fierté que j'ai eu en entendant votre chanson. Je sais que c'est replacé dans un autre contexte, mais je pense que c'est ce qui rend la chose si forte. Je veux qu'ils aient tous un hymne qui leur permette de se sentir beaux, autant que vos mots et votre mélodie m'ont permis de me sentir beau moi-même lorsque j'en avais le plus besoin.

Votre accord aurait tellement de sens pour moi et pour notre projet.

Je peux vous montrer le film si vous avez envie de découvrir le contexte, ou vous parler, si vous avez des questions. Merci d'avoir pris le temps de m'écouter.

Avec toute mon affection,

Jon M. Chu

Réalisateur de *Crazy Rich Asians*

Lettre 24

C'EST UN VIRUS

Tom Waits à *The Nation*

Juillet 2002

En 1988, Tom Waits entendit une voix qui était apparemment la sienne chantant dans une publicité pour les Doritos diffusée nationalement. Sa première réaction fut de se demander s'il était sain d'esprit. Ensuite, il se mit très vite en colère. Peu après, il apparut que Frito-Lay Inc. avait engagé un imitateur de Tom Waits pour rendre son spot plus vivant : l'idée était d'imiter la voix rocailleuse du musicien pour vendre des friandises – une situation que l'intéressé ne pouvait tolérer. Un procès s'ensuivit, au terme duquel il lui fut accordé 2 millions de dollars de dommages et intérêts. En 2002, quatorze ans après cette publicité qui lui avait agressé les tympans, Tom Waits lut dans The Nation *un article signé de John Densmore, batteur des Doors, au sujet des musiciens qui permettent que leurs œuvres soient reprises dans des publicités. Tom Waits réagit avec cette lettre.*

LA LETTRE

Woodland Hills,
Californie

Merci pour cet éloquent "coup de gueule" de John Densmore des Doors au sujet des artistes qui autorisent l'utilisation de leurs chansons dans des publicités.

Certaines chansons renferment des messages émotionnels et d'autres nous ramènent à des moments, des lieux ou des événements poignants de notre vie. Il n'est pas étonnant qu'une entreprise veuille profiter du charme de ces musiques pour vous mettre dans un état second et vous inciter à acheter des sodas, des sous-vêtements, des voitures. Les artistes qui touchent de l'argent pour ces pubs empoisonnent et pervertissent leurs créations. Cela les réduit au statut de *jingle*, un mot qui, en anglais, désigne le tintement de la monnaie dans votre poche, et c'est bien ce que ces chansons-là deviennent. Souvenez-vous, quand vous vendez vos chansons pour de la pub, c'est aussi votre public que vous vendez.

Quand j'étais gamin, si je voyais un artiste que j'admirais faire une pub, je me disais : "Dommage, il doit vraiment avoir besoin de cet argent." Mais maintenant, c'est devenu omniprésent. C'est un virus. Les artistes font la queue pour accepter des pubs. L'argent et la visibilité qu'elles leur procurent sont des appâts trop tentants pour qu'ils s'en privent. Des entreprises comptent détourner ces souvenirs culturels pour vendre leurs produits. Elles convoitent le public d'un artiste, la crédibilité, la sympathie et toute l'énergie que ces chansons ont emmagasinées, mais qu'elles ont aussi restituées pendant toutes ces années. Elles sucent la vie et le sens de ces chansons et les imprègnent de promesses d'une vie meilleure que leur produit serait censé offrir.

Tôt ou tard, les artistes monteront sur scène dans les mêmes combinaisons que les coureurs automobiles, constellées de centaines de logos. John, reste pur. Ta crédibilité, ton intégrité et ton honneur sont des richesses qu'aucune entreprise ne devrait être en position de s'acheter.

TOM WAITS

Lettre 25

CETTE HERBE EST À SA MAJESTÉ

Lee “Scratch” Perry au ministre de la Justice, Tokyo

21 janvier 1980

Le 16 janvier 1980, lors d'un contrôle des bagages à son entrée dans le pays, les douaniers japonais découvrirent deux cent vingt grammes de cannabis dans les affaires de Paul McCartney – une prise qui aurait pu lui valoir des années d'emprisonnement, mais qui, heureusement pour l'ex-Beatle, se solda par un séjour de neuf jours dans une maison d'arrêt de la capitale japonaise et l'annulation d'une tournée de Wings dans onze villes du Japon. Dès sa libération, il fut expulsé avec interdiction de revenir. Avant qu'il ne se fasse ainsi taper sur les doigts, des fans du monde entier redoutèrent le pire pour Macca, et les messages de soutien affluèrent de partout. Le grand moment de cette épreuve survint cinq jours après son incarcération, quand son ami – l'inimitable Lee “Scratch” Perry, légende excentrique du reggae – écrivit une lettre au ministre de la Justice, à Tokyo, afin d'apporter son soutien à son ami Paul.

LA LETTRE

21 JANVIER 1980

ARK OF THE COVENANT,
5 CARDIFF CRESCENT DR.,
KINGSTON, JAMAÏQUE,
SIGNAL DE FUMÉE BLANCHE,
BASE TERRE LUNE,
SEUL TRIBUNAL DE JUDÉE,
PHARE D'ISRAËL

MINISTRE DE LA JUSTICE,
1-1-1 KASUMIGASEKI,
CHIYODA-KU,
TOKYO, JAPON

Chers Messieurs,

Moi, LEE PIPECOCK JACKSON PERRY, J'AIMERAIS exprimer mon inquiétude sur le fait que vous ayez cru bon d'estimer que deux cent vingt grammes d'herbe serait un volume excessif dans l'affaire relative au maître PAUL MCCARTNEY.

En tant que créateur de l'AMOUR, de la lumière, de la vie de la nature et de toutes choses sous le soleil de la création, d'émotions positives à travers des chansons, de bons moments et d'une absence de soucis, je trouve qu'au vu de ses facultés universellement reconnues les pouvoirs de la *marijuana*, relaxer, apaiser et générer des sensations positives, sont un *must*.

Cette herbe est à Sa Majesté. Elle est toutes les orientations positives des chanteurs et leurs déraisons libératrices.

Veuillez ne pas juger excessives les quantités concernées, je vous en prie.

Les intentions de maître PAUL MCCARTNEY sont positives.

BABY BLUE GREEN STAR

PIPECOCK JACKSON

LEE « SCRATCH » PERRY

BANNANA EYE I PEN JA

DÉFENSEUR DE L'AMOUR DE LA NATURE

Lettre 26

UNE CRÉATION ARTISTIQUE HARMONIEUSE

Adele aus der Ohe à Steinway & Sons

1894

Dès son plus jeune âge, Adele aus der Ohe fut une remarquable pianiste. Née à Hanovre en 1861, elle avait tout juste 10 ans quand elle donna son premier concert ; elle en avait 12 quand Franz Liszt, le virtuose hongrois, la prit sous son aile, et elle continuerait d'étudier avec lui pendant sept précieuses années. Plus tard dans sa vie, elle se produisit à Carnegie Hall avec son ami et mentor, le compositeur russe Piotr Ilitch Tchaïkovski, et joua ensuite lors de ses funérailles. Au cours de son incroyable carrière, elle joua plus de cinquante fois avec l'orchestre symphonique de Boston. Elle se produisit devant les foules du monde entier. Elle composait également. En somme, Adele aus der Ohe était une musicienne de premier ordre.

En 1894, elle écrivit une lettre de félicitations à Steinway & Sons, les facteurs de son piano de concert préféré.

LA LETTRE

New York,
1894

Messieurs Steinway & Sons

Messieurs,

J'ai le grand plaisir de vous exprimer mon admiration pour vos pianos. Leur tonalité est noble, sonore et pure ; même dans le *fortissimo* le plus frappant, elle reste riche et douce ; qui plus est, elle porte si loin qu'elle rend le *pianissimo* le plus délicat praticable dans les très grandes salles. Cette tonalité n'est pas seulement ample et ronde, mais d'une sensibilité et d'une fraîcheur exquises. Ces qualités font du piano Steinway, plus que tous les autres pianos que je connais, l'instrument le mieux adapté au jeu *cantabile* à un extrême et à la virtuosité la plus passionnée à l'autre. La gamme est très uniforme, au meilleur sens du terme : les basses capiteuses et pures, les aigus chantants et pleins, les octaves supérieures enveloppées et pleines de vitalité et de caractère.

Le jeu sur un piano Steinway, associant en l'occurrence la profondeur, la puissance, la légèreté et l'élasticité, offre à l'artiste les moyens de produire les nuances de tonalité et de couleur les plus délicates, les effets les plus piquants et la virtuosité la plus ébouriffante.

Enfin, le Steinway est une création artistique harmonieuse animée d'un tel caractère et d'une telle sensibilité que l'artiste a souvent la sensation que cet instrument est possédé d'une personnalité vivante qui lui est propre.

Avec mes salutations les meilleures,

Très sincèrement,

Adele aus der Ohe

Lettre 27

VEUILLEZ CHANGER VOTRE MUSIQUE D'ATTENTE, JE VOUS PRIE

Dr. Steven Schlozman à CVS

Mai 2018

Professeur assistant en psychiatrie de la faculté de médecine de Harvard et psychiatre à l'hôpital général du Massachusetts, le Dr. Steven Schlozman passe un temps considérable au téléphone avec CVS, la plus grande pharmacie d'Amérique, soit près de dix mille enseignes qui ont essaimé dans tous les États-Unis depuis sa fondation en 1963. Carence exaspérante pour le Dr. Schlozman, ces vingt dernières années, CVS a négligé de renouveler la musique d'attente qu'entendent les clients lorsqu'ils appellent pour recevoir une assistance médicale et leur inflige chaque fois le même morceau de piano. En mai 2018, ne sachant plus quoi tenter, le Dr. Schlozman a adressé au groupe une supplique qui, grâce à la puissance d'Internet, a été vite lue par des millions de gens.

Au bout de dix mois et après une large couverture de presse, CVS annonçait qu'un nouveau système d'accueil téléphonique était en cours de préparation.

LA LETTRE

Cher CVS,

S'il vous plaît, changez votre musique d'attente.

Je vous en prie. Faites le nécessaire.

Cela ne vous prendra que quarante-huit secondes, à vous, à une personne travaillant pour vous ou à la rigueur à un adolescent à peine pubère qui sait quand même programmer de la musique sur son iPhone avec plus de maîtrise que n'importe quel individu né avant 1975.

Et ces quarante-huit secondes représentent nettement moins que la quantité de temps que j'ai passée à entendre votre musique d'attente qui ne change jamais.

J'ai cherché en ligne la source de cette musique. Et je l'ai cherchée, vous l'aurez deviné, pendant que j'étais en attente. Cela me semblait la réaction la plus saine possible à cet air de piano faussement reposant censé apaiser les clients pendant qu'ils patientent, une attente qui peut durer vingt petites secondes ou se prolonger trente-cinq bonnes minutes.

En fait, ces temps d'attente ne sont que des estimations. Il se peut ou non que ces données soient accessibles, mais j'ai du mal à savoir où se situe mon temps d'attente par rapport à la moyenne.

Pour être clair, je ne critique par le fait de devoir attendre. Je sais que les pharmaciens font tout ce qu'ils peuvent. Je sais que cette attente fait partie intégrante de notre monde moderne. C'est bien pour cela qu'il existe des réseaux sociaux, que nous surfons sur un site d'infos sportives comme EPSN.com et que, dans nos locaux, je peux jeter des boulettes de papier froissé au fond de corbeilles placées tous les deux mètres. En fait, l'obligation de rester en attente a grandement amélioré ma précision au lancer de boulette sur corbeille à papier, mon basket-ball à moi. C'est déjà ça. Merci.

Il n'empêche, il faut que cet air de musique disparaisse.

Je l'entends dans mon sommeil. Je l'entends quand je sors courir. Parfois, je me réveille au milieu de la nuit en fredonnant cette mélodie. Elle me hante, jour et nuit. Ce n'est pas sain. Je le sais. Je suis médecin.

Ce n'est pas sain d'entendre la musique d'attente de la pharmacie dans son sommeil.

Ah ? Vous voulez des données scientifiques ?

Très bien.

La musique d'attente de CVS stimule l'amygdale, cette région en forme d'amande située dans le cerveau reptilien, et ce n'est pas une bonne chose. C'est cette même région du cerveau qui est impliquée dans les crises de fureur au volant, quand vous faites un doigt d'honneur et chaque fois que vous entendez le Steve Miller Band jouer "Abracadabra".

Quelque 98 % des personnes interrogées dans le cadre d'une vaste étude multicentrée examinant la réaction de l'Américain moyen à la musique d'attente des pharmacies CVS signalaient que cet air suffisait à mettre leur amygdale en colère.

Cette étude n'existe évidemment pas. Mais cela se pourrait !

Les sujets visés par l'étude se composeraient entièrement de moi-même ou de toute une cohorte d'autres moi-mêmes. Voyez-vous, il existe quantité de versions différentes de ma personne, qui toutes ont écouté ce même morceau pendant qu'elles étaient en attente sur les lignes de CVS. Il y a cet autre moi-même qui, entre deux consultations de patients, agit avec la conviction empreinte de résilience mais néanmoins très naïve qu'il va réussir à résoudre un problème d'autorisation en quatre minutes. Il y a un troisième moi-même, inquiet de l'otite de sa fille, qui espère que ses antibiotiques sont prêts. Et il y a un quatrième moi-même qui fait des tours et des tours en voiture dans la rue où j'habite, dans l'attente que la musique cesse, de pouvoir parler à une entité organique et de transmettre une prescription.

Quant aux chiffres, je les ai aussi calculés.

Disons que j'appelle CVS en moyenne trois fois par jour, six jours par semaine, pendant une période qui s'étend au moins sur les vingt-cinq dernières années. Ce calcul me permet de comptabiliser mes années d'internat et de troisième cycle. Soustrayons deux semaines par an pour les vacances et le reste.

Cela signifie que j'ai appelé CVS un total de trois fois par jour, six jours par semaine, cinquante semaines par an pendant 25 ans. Et estimons que le temps d'attente moyen où j'ai l'avantage d'entendre cette musique soit d'environ une minute et trente-quatre secondes.

Cela veut dire que j'ai passé approximativement vingt-deux mille cinq cents appels chez CVS et, en toute sincérité, je leur suis reconnaissant de leurs loyaux services (6 x 3 x 50 x 25 = 22 500).

Naturellement, je pars du principe que cette musique d'attente n'a pas changé depuis ces vingt-cinq dernières années au moins. Et, en effet, je n'ai aucun souvenir qu'elle ait changé. C'est comme les impôts. Je n'ai aucun souvenir d'un temps où ils n'auraient pas existé. Si je considère cette supposition comme un fait (ce dont elle offre toutes les apparences), cela signifie que j'ai entendu à peu près 2 115 000 secondes de cette même musique. Cela représente un total de 35 250 minutes, ou 587 heures et demie, soit près de vingt-cinq jours.

Presque vingt-cinq jours de ma vie passés à écouter ça. J'ai 52 ans, cela veut donc dire que sur un total de 18 980 journées que j'ai vécues sur cette planète j'ai consacré vingt-cinq jours de mon existence à écouter ce morceau de piano (intitulé, incidemment, "Golden Dragon" – je l'ai recherché sur Google pendant que j'étais en attente). Cela représente à mon goût une trop grande partie des journées de ma vie.

Enfin, soyons clair. Je n'ai rien contre l'idée d'être mis en attente. Je déteste ces attentes, mais je m'y résous. Je suis contre l'idée de rester en attente 587 heures d'une vie durement gagnée à écouter ce même morceau.

C'est une question d'une certaine urgence, et j'espère que mon texte l'illustre assez bien.

S'il vous plaît, changez cette musique.

Je vous en prie.

Avec mes plus chaleureuses salutations,

Steve

Lettre 28

TU VAS LES BLUFFER, MON POTE

Nick Cave à Ptolemy

2019

La longue et illustre carrière musicale de Nick Cave débuta en 1973 avec la formation de son premier groupe, The Birthday Party, un combo post-punk qui tint bon une décennie avant d'être remplacé par Nick Cave and the Bad Seeds. Des albums solos et des musiques de film ont aussi émaillé son parcours, ainsi que quelques scénarios, des pièces de théâtre et même quelques rôles en tant qu'acteur. Ce programme chargé rend des lettres comme celle-ci d'autant plus impressionnantes. Elle fut écrite en 2019, adressée à un jeune fan qui vit à Launceston, en Australie, en réponse à cette question :

"J'ai 10 ans et autant que je me souvienne j'ai vécu entouré de musique et j'en ai écouté. Je vous ai vu à Hobart en janvier 2017 et j'y serai encore en janvier 2019. Mes amis n'écoutent pas des trucs cool, rien d'intéressant, rien de beau. En quoi cela va m'affecter que votre musique soit si présente si tôt dans ma vie ? Vous avez un conseil à me donner ? Merci."

LA LETTRE

Cher Ptolemy,

Je crois avoir peut-être déjà répondu à ta question au concert, à Hobart, au In Conversations – si tu étais bien ce gamin blond assis du côté droit de la salle. Je ne me souviens pas exactement de ma réponse, mais j'ai repensé à la question après le concert, et je me souviens que je regrettais de ne pas avoir mieux répondu.

Voilà peut-être ce que j'aurais dû te dire. Écouter la musique des Bad Seeds à ton âge, c'est comme détenir un savoir secret. Quand j'avais à peu près ton âge, je détenais un savoir secret moi aussi. Mon grand frère, Tim, écoutait pas mal de musiques très étranges et très obscures, et il m'a transmis ce savoir. À l'époque, je vivais dans une petite ville d'une région rurale, dans l'État de Victoria, et apparemment aucun garçon de mon âge n'écoutait la musique que mon frère me faisait découvrir. Dans mon souvenir, ils écoutaient tous pas mal de merde. C'était comme si j'emportais ce secret partout avec moi, comme si je possédais un savoir mystérieux sur le monde que mes amis, eux, ne possédaient pas. C'était un pouvoir secret. J'ai gardé ce secret toute mon enfance et toute mon adolescence, jusqu'à ce que j'entre dans une école à Melbourne où j'ai rencontré trois ou quatre personnes qui détenaient elles aussi ce savoir secret – ce pouvoir mystérieux. Ces gens sont devenus mes meilleurs amis et nous avons ensuite formé un groupe et essayé, à notre manière, de transmettre ce savoir au monde.

Ce savoir secret que tu détiens est une force qui n'existe que chez certaines personnes. C'est une force qui t'inspirera et t'incitera à faire des choses merveilleuses – comme d'écrire des histoires, peindre des tableaux ou construire des fusées qui s'envoleront vers Mars. Elle te donnera le courage de t'attaquer à tout ce à quoi le monde te confrontera. C'est un pouvoir énorme qui peut-être d'une valeur inestimable pour le monde. Ton prénom, Ptolemy, est un nom de guerrier. Un garçon plein d'inspiration avec un nom de guerrier ! Le monde n'attend que toi. Tu vas les bluffer, mon pote.

Affectueusement, Nick

Au Bonheur des Lettres

Courriers historiques, inattendus et farfelus

SIMONE DE BEAUVOIR, JOHN LENNON, FRIDA KAHLO, CHARLES DICKENS,
ORA NEALE HURSTON, RAYMOND CHANDLER, NELSON MANDELA, ANNE FRANK, KURT VONNEGUT,
JOHN STEINBECK, LEONARD COHEN, BEETHOVEN, ET TANT D'AUTRES.

Éditions du sous-sol

RÉALISATION : NORD COMPO À VILLENEUVE-D'ASCQ
NORMANDIE ROTO IMPRESSION S.A.S À LONRAI
DÉPÔT LÉGAL : NOVEMBRE 2020. N° 146615 (2002705)
IMPRIMÉ EN FRANCE